LOST™
SINAIS DE VIDA

Título original
LOST: Signs of Life

Originally published in the United States and Canada by Hyperion as
LOST: SIGNS OF LIFE. This translated edition published by arrangement
with Hyperion. All rights reserved.

© Copyright 2006: Touchstone Television. This translated edition published
arrangement with Hyperion.

© Copyright 2007: EDIOURO PUBLICAÇÕES LTDA.
Direitos cedidos para esta edição à EDIOURO PUBLICAÇÕES LTDA.
Publicado por PRESTÍGIO EDITORIAL

Revisão: Contextus

Projeto gráfico e diagramação: Osmane Garcia Filho

CIP-Brasil. Catalogação-na-fonte.
Sindicato Nacional dos Editores de Livros, RJ.

T39L	Thompson, Frank T., 1952–
	Lost : sinais de vida / Frank Thompson ; tradução de Carlos Szlak. — São Paulo : Prestígio Editorial, 2006
	Tradução de: Lost : signs of life
	Obra baseada no roteiro original da série de TV, criada por Jeffrey Lieber e J. J. Abrams & Damon Lindelof
	ISBN 978-85-7748-007-4
	1. Sobreviventes após acidentes aéreos, naufrágios, etc. — Ficção. 2. Ilhas do Oceano Pacífico — Ficção. 3. Ficção americana. I. Lieber, Jeffrey. II. Abrams, Jeffrey, 1966–. III. Lindelof, Damon, 1973–. IV. Szlak, Carlos. III. Título. IV. Título: Sinais de vida.
06-4396	CDD 813
	CDU 821.111(73)-3

Todos os direitos reservados. A reprodução não-autorizada desta publicação, por
qualquer meio, seja ela total ou parcial, constitui violação da Lei nº 5.988.

A *Prestígio Editorial* é um selo da *Ediouro Publicações.*
Rua Nova Jerusalém, 345 – CEP 21042-230
Rio de Janeiro – RJ
Tel.: (21) 3882-8200 – Fax: (21) 3882-8212/ 8313
e-mail: editorialsp@ediouro.com.br
vendas@ediouro.com.br
internet: www.ediouro.com.br/prestigio

**OBRA BASEADA NO ROTEIRO ORIGINAL DA SÉRIE DE TV
CRIADA POR JEFFREY LIEBER E J.J. ABRAMS & DAMON LINDELOF**

LOST
SINAIS DE VIDA

FRANK THOMPSON

TRADUÇÃO DE: CARLOS SZLAK

Prestígio
editorial

*Para Claire.
Sem ela, eu estaria
realmente perdido.*

1.

JEFF HADLEY ENCAROU OS OLHOS DA CRIATURA.
A figura era tenebrosa, com feições mal definidas, mas perturbadoras. Tinha os olhos cheios de maldade, como poças negras de ódio, que resplandeciam na face sombria. Estava imóvel, mas sua atitude era ameaçadora, como uma cobra pronta para dar o bote.

Logo atrás dessa criatura, outra semelhante espreitava, pouco visível, sinistra e também imóvel, mas igualmente pronta para dar sua investida terrível. Atrás de ambas, símbolos estranhos e indecifráveis flutuavam misteriosamente. Pareciam uma língua estranha, impossível de ser traduzida. Jeff pensou que se pelo menos conseguisse decifrá-los, esses sinais poderiam ser a chave para a solução de um mistério insolúvel.

Olhando fixamente para as criaturas à sua frente, Jeff sentiu um arrepio de medo, ficando banhado de suor. De onde tinham vindo esses seres monstruosos? A resposta era ainda mais perturbadora do que a pergunta. Sabia que só podiam ter saído de um único lugar: de dentro de si mesmo.

— Cara!

Ao ouvir essa voz, Jeff se virou, saindo bruscamente do que quase parecia ser um transe hipnótico. Viu Hurley parado, com seu corpanzil tomando conta do espaço. Antes disso, ninguém jamais havia invadido a tranqüila solidão do seu ateliê. A mata densa só podia ser vencida atravessando-se um estreito corredor existente entre galhos muito frondosos, quase rente ao solo. Além disso, entre todos os moradores da ilha, Jeff considerava a visita de Hurley a menos provável. As formas de Hurley lembravam a de uma geladeira; não era exatamente o tipo de corpo capaz de passar facilmente através de uma passagem tão proibitiva. Sempre que Jeff ficava perto de Hurley, sentia-se como Stan Laurel, o Magro, ao lado de Oliver Hardy, o Gordo. Em comparação com o volume impressionante de Hurley, Jeff era, sem dúvida, leve e ágil, alto e magro. De fato, mais magro agora do que o normal. Os cabelos desalinhados tinham uma cor loira avermelhada. Sua barba, muito rala, parecia não crescer; mesmo depois de todo o tempo passado na ilha, seu rosto mostrava pouco mais do que uma barba por fazer.

Jeff conhecia Hurley apenas superficialmente. Ainda assim, tinha de admitir, entre todos os outros sobreviventes, era o que ele melhor conhecia. Embora não pudesse chamá-lo de amigo, sempre se sentira bem na presença do jovem. Nas maneiras afáveis e esquisitas de Hurley, havia alguma coisa que deixava as outras pessoas à vontade. Com sua reserva escocesa, Jeff considerava agradável a sinceridade e a inocência do jovem — parecia algo muito americano para ele. Assim, ainda que Jeff não gostasse de ser interrompido no trabalho, ficou contente de ver que era Hurley e não, por exemplo, Locke. Jeff não gostava de Locke. Não confiava nele.

— Olá, Hurley — disse Jeff. — O que você quer?

Hurley não respondeu de imediato. Ficou momentaneamente paralisado diante do desenho que Jeff estava fazendo.

— Nós vamos atrás de comida amanhã. Você quer vir conosco? — disse ele, quebrando, por fim, o silêncio.

Droga, pensou Jeff. *Um dia longe do ateliê. Um dia tendo de aturar aquela gente.*

— Claro — respondeu ele.

— Locke disse que sabe onde encontrar um javali. Se ele conseguir pegar um, vamos precisar de mais gente para trazê-lo — continuou Hurley.

— Quem mais está indo?

— Você, eu, Locke, Michael — respondeu Hurley, contando nos dedos enquanto falava os nomes. — Você conhece o Michael?

— Mais ou menos — respondeu Jeff. Na realidade, ele não sabia quem era Michael. Provavelmente, não havia mais do que meia dúzia de pessoas na ilha cujos nomes ele guardara.

— E talvez Sawyer. E esse é um grande talvez. Sawyer não gosta de ser incomodado.

— E quem gosta? — disse Jeff, dando de ombros.

— Seria muito bom ter alguma carne para variar. Estou bem enjoado de frutas e peixes, peixes e frutas todo santo dia — disse Hurley.

— Tenho de admitir que todas essas frutas me provocaram uma bela indigestão durante nossa primeira semana aqui — disse Jeff, sorrindo. — Mas agora já estou acostumado. Fazia tempo que não me sentia tão saudável.

— Sim, a Dieta da Ilha! — exclamou Hurley. — Está funcionando pra todo mundo, menos pra mim.

— Qual é — disse Jeff. — Você parece ter emagrecido um pouco.

— E quanto seria esse pouco?

Jeff pensou um pouco.

— Humm, talvez uns cinco ou seis quilos — ponderou.

Hurley pareceu em dúvida, mas satisfeito. Até onde sabia, ele não tinha perdido um grama sequer desde a chegada à ilha, mas um elogio é sempre um elogio.

— Bom, eu acho que estou com mais disposição, sim.

— A que horas vamos sair amanhã? — perguntou Jeff.

— Perto do nascer do sol. Locke diz que vamos ter de andar um bocado.

Jeff sempre preferia ficar sozinho e não gostava muito da idéia de passar o dia caminhando pela ilha com o insondável

Locke. No entanto, agora que tinha tido um momento para refletir, admitiu para si mesmo que a idéia de ir atrás de comida parecia ser bastante atraente; um passeio lhe faria muito bem. Ultimamente, passava cada vez mais tempo no ateliê; provavelmente, muito tempo. Seu desejo por solidão parecia crescer dia após dia. Achava que podia estar se tornando agorafóbico, apesar de que, mesmo se todos os sobreviventes do acidente aéreo fossem reunidos, ainda assim constituiriam um grupo bastante reduzido de pessoas.

No entanto, independentemente do que revelasse seu autodiagnóstico, restava o fato de que Jeff sentia bem-estar e serenidade quando estava sozinho. Mais do que isso, sentia-se protegido. Mas contra o quê? Ou contra quem?

O ateliê era o santuário perfeito para um homem que procurava a solidão. Todos os quatro lados eram protegidos por uma mata quase impenetrável. Muitas das árvores pareciam costuradas umas às outras, com trepadeiras nas copas, proporcionando uma cobertura quase à prova de goteiras, como os telhados de sapê da Escócia natal de Jeff.

Ele descobrira a pequena clareira quase por acaso. Muitos dos sobreviventes do acidente preferiram viver na praia, esperando todos os dias vislumbrar um avião ou barco de resgate. O restante das pessoas tinha se mudado para o interior da mata, vivendo em grutas perto de uma copiosa nascente. Jeff considerava as pessoas desse último grupo fatalistas; aceitavam o fato de que ficariam presas na ilha por muito tempo, talvez para sempre. Estavam assentadas. Por outro lado, o grupo da praia vivia em estado de esperança constante. Ou medo.

Jeff não se sentia bem com nenhum dos dois grupos. Reunia-se a expedições em busca de alimento ou de lenha, mas nunca conversava muito com as demais pessoas e procurava manter-se afastado para evitar criar até os relacionamentos mais elementares. Certo dia, trabalhando à distância do restante do grupo de caça, vislumbrou uma abertura numa folhagem espessa e, de modo impulsivo, entrou engatinhando através dela. Ficou maravilhado com o que encontrou. Ao lembrar disso, achou um pouco estranho que sua primeira idéia não tivesse sido usar o lugar como abrigo, mas sim como esconderijo. O motivo pelo qual ele tinha a necessidade de um lugar para se esconder das demais pessoas era uma questão que Jeff não seria capaz de formular nem para si mesmo. Contudo sabia que havia uma espécie de inspiração misteriosa naquele local. Uma vez dentro do refúgio, voltou a criar, pela primeira vez depois de muito tempo. Começou a se referir ao local como seu ateliê. E, pouco a pouco, também se tornou sua casa. Jeff fora um dos afortunados que havia encontrado sua bagagem no meio dos destroços. A mala estava num dos lados do ateliê. No outro, havia um leito espesso e confortável feito de folhagem, capim e palha, sobre o qual Jeff pôs uma coberta do avião. Hurley era o primeiro visitante que Jeff recebia ali.

Jeff percebeu que Hurley tinha voltado a olhar atentamente para seu último desenho.

— Cara, seu desenho está me deixando confuso — disse Hurley. Ele endireitou a cabeça, sorriu um pouco e acrescentou: — Mas é legal. Meio *heavy metal*.

Jeff não sabia como responder a esse elogio ambíguo.

— Tenho a mesma impressão — disse ele.

— Você é um artista, não é? — perguntou Hurley, agachando-se ao lado de Jeff.

Com alguma relutância, Jeff confirmou com um gesto de cabeça.

— Costumava ser.

— Acho que você ainda é — disse Hurley, apontando para o espaço ao redor com a mão. — Olha só pra essas coisas. É tudo muito esquisito, sabe? Mas eu gosto.

O ateliê estava abarrotado de esculturas, desenhos, objetos estranhos feitos de galhos, argila ou espinhas de peixe. Uma parte das obras semelhava a pessoas, mas a maioria era abstrata: formas que Jeff tinha achado interessantes ou texturas que juntara de modos estranhos e surpreendentes. Ele passava quase todo o dia trabalhando ali, criando um objeto depois do outro, fazendo um desenho depois do outro. E não havia nenhuma outra pessoa da ilha que já tivesse visto alguma daquelas coisas.

Não é para eles, Jeff pensava. *É para mim.*

— Parece que sua cabeça funciona de modo estranho. Você usava drogas nos anos sessenta ou algo parecido? — perguntou Hurley

— Nasci em 1970 — respondeu Jeff, rindo. — Portanto, a resposta é não.

— Tudo bem. Então, você usou drogas nos anos oitenta?

Jeff negou com um gesto de cabeça.

— Errou de novo. Nunca usei drogas. Nem bebia muito. Levava uma vida bastante monótona, disse ele.

Ah, sim! Pensou Jeff. *É a minha primeira mentira do dia.*

— Então, de onde você tira todas essas idéias mirabolantes? — perguntou Hurley, recomeçando a andar pelo ateliê, examinando peça por peça.

Jeff deu de ombros. Não sabia como explicar a Hurley como tudo aquilo era diferente da arte que costumava criar, da arte que fizera com que fosse considerado um dos melhores artistas jovens da Grã-Bretanha. Não conseguia falar sobre como essas imagens cada vez mais perturbadoras pareciam emergir prontas em sua imaginação, obrigando-o a criar coisas que quase o amedrontavam. Na realidade, havia acontecido muita coisa no ano anterior, antes e depois do acidente do vôo 815 da Oceanic, que Jeff não seria capaz de verbalizar. E nem queria.

Hurley se agachou e, com cuidado, pegou uma pequena escultura. Havia alguma coisa vagamente humana nela; mas, sem dúvida, não era a representação de uma pessoa.

— O que é isto? — perguntou ele.

— O seu palpite é tão bom quanto o meu — respondeu Jeff, sorrindo melancolicamente.

Hurley pareceu um pouco confuso, então concordou com um gesto de cabeça.

— Certa vez, vi um programa na TV sobre a Ilha da Páscoa — disse ele. — Todos aqueles ídolos de pedra impressionantes espalhados pela ilha, e ninguém sabe quem os colocou ali.

— É verdade — disse Jeff. — Já estive na Ilha da Páscoa. Quando estava na faculdade.

— Legal! — exclamou Hurley, impressionado. Ele observou com mais atenção a pedra entalhada em sua mão. — Esse seu trabalho me lembra aquelas figuras. É como... — Ele refletiu por alguns instantes, tentando chegar à descrição perfeita. — É como a Ilha da Páscoa em Marte.

— Tudo bem — disse Jeff, rindo —, como lhe disse, já estive na Ilha da Páscoa, mas nunca estive em Marte.

Hurley olhou ao redor, observando as outras peças. Ao voltar o olhar para o desenho que havia atraído sua atenção em primeiro lugar, pareceu espantado. Ele apontou para os desenhos atrás das misteriosas criaturas.

— Qual é o significado dessas coisas?

Jeff deu de ombros.

— De novo, acho que você sabe tanto quanto eu.

Hurley olhou com mais atenção.

— Eu já vi alguma coisa parecida.

— Na TV? — perguntou Jeff, com um sorriso.

Hurley balançou a cabeça.

— Não... — Ele bateu com o punho na testa, tentando reavivar sua memória. — Não, não foi na TV. Eu vi de verdade.

2.

JEFF HADLEY OLHOU FIXAMENTE PARA OS OLHOS DA MODELO.
    Isso já era em si a prova do seu grande profissionalismo e da sua intensa concentração, pois a bela e atraente jovem não estava usando uma única peça de roupa. Quando a tela estivesse pronta, seu corpo ficaria no alto de uma nuvem colorida em forma de cogumelo de uma explosão nuclear. Jeff pretendia obter uma imagem surrealista da sensualidade e da catástrofe. Havia concebido sua pintura como uma espécie de paródia do quadro *O nascimento da Vênus*, de Botticelli. Porém tencionava situar a figura da mulher dentro de um contexto apocalíptico. Era característico do tipo de trabalho que estava transformando o artista de trinta anos num fenômeno no mundo das artes plásticas de Londres: o hiper-realismo, um registro quase fotográfico das formas humanas, em cenários místicos, humorísticos ou — como no caso da tela em questão — horrendos. Como as formas humanas eram quase sempre femininas e nuas, a obra de Jeff acabou atraindo a atenção de um público maior do que o conquistado por seus colegas. Mas também conquistou os críticos e os negociantes de arte, que consideravam as mensagens implícitas nas pinturas vagas o suficiente para serem debatidas exaustivamente, sempre merecendo uma análise adicional.

Jeff planejava suas pinturas nos mínimos detalhes. Não acreditava muito em inspiração; sua arte era reflexiva e precisa, e tão perfeita quanto possível. Para seus detratores, o resultado era uma espécie de insensibilidade fria, sem alma. No entanto para seus admiradores — e eles superavam os detratores por uma margem considerável — sua precisão exprimia uma técnica irrepreensível, idéias às vezes fantásticas transpostas para a vida real.

Jeff sabia que tudo isso também apareceria em sua nova tela. No entanto, naquele instante, tudo o que importava eram os olhos. O impacto da obra não dependeria da visão apavorante da explosão final da bomba ou da sedução erótica do corpo da modelo. O significado teria de estar em seus olhos. Eles teriam de expressar uma mistura de sedução e desespero.

E Jeff sabia que tinha encontrado a modelo perfeita para a obra. Quase todas as modelos aspiravam a ser atrizes. Às vezes, por mais incômodo que isso fosse, facilitava o trabalho de Jeff, pois ele as persuadia a representar uma atitude ou um estado de espírito específico. No entanto, Ivy Tennant não pretendia ser atriz. Ela tinha 22 anos e era uma esforçada estudante de arte, que de vez em quando ganhava um dinheiro extra posando como modelo para aulas de artes plásticas ou — com certo constrangimento — posando nua para fotos de sites pornográficos.

Foi por causa de um desses sites da Internet que ela atraiu a atenção de Jeff. Ele havia acabado de dar uma palestra numa universidade e notara o aspecto encantador e algo melancólico da jovem na platéia. Logo em seguida, enquanto os alunos saíam da sala, Jeff ouviu dois rapazes fazendo piadinhas maliciosas a respeito de Ivy no momento em que ela passou por eles. Os dois tinham encontrado por acaso uma foto dela em um dos sites, e foi com a maior satisfação que deram o endereço eletrônico a Jeff quando ele se mostrou interessado. No dia seguinte, após ter estudado algumas das fotos mais explícitas de Ivy, Jeff pediu a ela que posasse como modelo. Para Jeff, seu corpo era quase perfeito, mas ela também possuía algo que ele queria ainda mais. A sedução e o desespero que ele buscava estavam presentes nos olhos de Ivy; essa mistura intrigante parecia ser o estado natural da jovem.

E, naquele momento, havia uma dose adicional de inquietação nos olhos de Ivy.

— Estou fazendo direito, senhor Hadley? — perguntou ela, com suavidade.

— Por favor, me chame de Jeff — pediu ele, parando de pintar. — E o que você quer dizer com isso?

— Não é nada, não — ela disse, enrubescendo e baixando os olhos.

— Por favor — disse ele, sorrindo de modo tranqüilizador. — O que é?

— Bem, em geral, quando eu poso, o artista ou o fotógrafo ou quem quer que seja não consegue parar de falar sobre minha beleza ou sobre o corpo perfeito que tenho. Esse tipo de coisa, sabe?

— Sei.

— Mas você — disse ela, olhando-o diretamente nos olhos —, você não disse uma palavra. E age como se meu corpo não fosse digno de ser olhado.

Jeff ficou em silêncio por um instante.

— Você se sentiria melhor se eu falasse como os outros?

— Não exatamente melhor — esclareceu ela. — É que... eu o admiro tanto. Quero agradá-lo.

Jeff puxou um banquinho para mais perto de Ivy e se sentou. Estendeu o braço e pegou a mãe dela.

— Ivy, você é uma das mulheres mais bonitas que já conheci. Mas eu a escolhi para este projeto não apenas por sua beleza. Você possui uma qualidade especial, algo que é só seu. Você merece mais do que apenas ser comida com os olhos. Você devia ser realmente apreciada.

— Não gosto do que as pessoas dizem — afirmou Ivy, balançando a cabeça.

— Eu também não gostaria — disse Jeff. Ele bateu de leve na mão dela e se levantou. — Espero que você fique muito orgulhosa desta pintura.

— Já estou orgulhosa — revelou Ivy, voltando a enrubescer.
— Muito obrigada.

Seria tão fácil, pensou Jeff. *Como pegar uma manga madura de uma mangueira*. De imediato, procurou afastar da mente esse pensamento. Tinha tido muitos desses flertes com modelos. Essa garota era muito frágil. Devia ser protegida, não apenas usada. *Sim,* pensou Jeff. *Desta vez, farei uma coisa nobre.*

— Agora, vamos voltar ao trabalho — decidiu Jeff, sorrindo para Ivy.

Mas o trabalho não avançou muito mais naquele dia. Quando Jeff voltou a se postar diante do cavalete e olhou para os olhos de Ivy, eles não tinham mais aquele ar perturbador que ele procurava. Em vez disso, brilhavam de prazer. Bom para ela. Ruim para a pintura.

Na quinta sessão, Jeff e Ivy trabalharam até tarde da noite. O proprietário de uma galeria de prestígio o estava pressionando para que concluísse rapidamente a pintura. Assim, Jeff se forçou, e também a sua modelo, a trabalhar até quase a exaustão.

Ivy não reclamava. Pelo contrário; quanto mais longa a sessão, mais energia ela parecia adquirir. Depois de quase uma semana de trabalho, Jeff tomou consciência de que havia um tipo diferente de aura na sala. Ele já tinha acabado de pintar aqueles olhos especiais há algum tempo, e enquanto se dedicava, sessão após sessão, a capturar na tela o corpo exuberante de Ivy, sentia que às vezes se desfazia a promessa que fizera a si mesmo. De vez em quando, depois de contemplá-la atentamente durante o que parecia uma eternidade, lançava um olhar para o rosto de Ivy, vendo-a irradiar um sorriso débil, mas sagaz.

— Ah, meu Deus — exclamou Jeff, olhando para seu relógio.
— São quase duas horas. Sinto muito.

— Tudo bem — respondeu Ivy, espreguiçando-se e bocejando. — Minha primeira aula amanhã é só depois do meio-dia.

— Bom — respondeu Jeff. — Você deveria estar na cama.

— Estava pensando a mesma coisa — disse ela, intencionalmente, fitando profundamente os olhos de Jeff.

— Ivy...
Ela acariciou o rosto dele, depois o beijou suavemente na boca.
— Jeff... — ela murmurou, sorrindo maliciosamente. Naquele momento, seus olhos brilhantes expressavam apenas sedução.
— É muito tarde — disse ele. — Você deveria se vestir.
— Ou não... — disse ela.
E ela não se vestiu.

3.

— TEMOS PEIXE!

O grito veio lá de fora, da praia. Hurley fez uma careta.

— Jin se deu bem outra vez — disse ele. Depois, balançando a cabeça, completou: — Odeio peixe.

Jeff não conhecia Jin melhor do que qualquer outra pessoa da ilha. Nesse caso, tinha uma justificativa um pouco melhor, pois Jin não falava inglês, apenas coreano. Até onde era do conhecimento de Jeff, Sun, a esposa de Jin, também não falava inglês. Essa barreira lingüística parecia afastá-los dos demais sobreviventes.

Mas, que diabos, também estou afastado dos outros, pensou Jeff.

Ainda que Jeff e Jin não fossem exatamente companheiros, o escocês gostava de ver o coreano trabalhando na arrebentação das ondas do mar. Jin parecia ter muito talento para pescar uma quantidade de peixes suficiente para todos; uma aptidão que quase todos os demais sobreviventes não tinham. Algumas vezes, Locke caçava um porco-do-mato, e a mudança na refeição era bem recebida, mas Jeff gostava de peixe fresco, e considerava Jin o verdadeiro herói não glorificado dos sobreviventes.

Hurley fez um esforço para conseguir atravessar a passagem que dava no ateliê e alcançar o lado de fora. Jeff o seguiu. Alguns dos sobreviventes já estavam destripando o peixe e outro estava cuidando de atear fogo na lenha.

— O que eu não daria por um bife. Ou *huevos rancheros* — disse Hurley, melancólico.

Jeff sorriu.

— É uma ilha muito grande. Talvez haja vacas pastando e galinhas ciscando além daquela colina.

Hurley não pareceu convencido. Caminhou até a fogueira para dar uma mãozinha. Jeff não o seguiu. Estava muito preocupado para sentir fome. O desenho em que estivera trabalhando o havia deixado nervoso — algo que estava acontecendo com mais freqüência ultimamente — e achou ótimo ter a oportunidade de esfriar um pouco a cabeça. Respirou fundo, desfrutando o calor do sol na pele e a brisa fresca que soprava na praia. Sentou-se na areia, e olhou fixamente para a vasta extensão de oceano diante dele.

Jeff sempre fora fascinado pelo fato de a ilha ser ao mesmo tempo tão surpreendentemente bela quanto profundamente horripilante. De certa forma, tinha aceitado o fato de que esse era o lugar onde passaria o resto da vida. As outras pessoas podiam continuar falando a respeito de salvamento ou de tentativas de fuga, mas, no fundo do seu coração, Jeff sabia que não havia saída. Sentia-se pouco à vontade, como um personagem de uma daquelas peças do chamado Teatro do Absurdo, extremamente chatas, que costumava assistir quando ainda era estudante, quando estava na idade de confundir tédio pretensioso com profundidade de pensamento. Mesmo as melhores peças do gênero mostravam uma visão implacavelmente desoladora da humanidade. Ionesco, Beckett, nenhum desses dramaturgos oferecia qualquer tipo de esperança. A existência não tem sentido, é grotesca e repugnante. Desperdiçamos nossa vida fazendo coisa alguma e então morremos. E depois que morremos... nada.

Mas mesmo nos dias em que tais pensamentos sombrios invadiam sua imaginação, Jeff era capaz de enxergar a ilha de uma perspectiva inteiramente diferente. Ele tinha de admitir que aquele lugar era verdadeiramente um paraíso. Havia fartura de alimentos e de água potável. Sempre havia um novo lugar para explorar, coisas novas e excitantes para ver e fazer. Jeff se perguntava se teria algum tipo de dupla personalidade, que o levava a vivenciar o mesmo lugar tanto como paraíso quanto como inferno.

Do lado do inferno, estavam alguns dos acontecimentos estranhos e inexplicáveis ocorridos na ilha desde o acidente. Jeff vivera algumas dessas experiências: os barulhos terríveis de origem desconhecida, indícios de que a ilha seria o lar de alguma espécie de animal ou animais ferozes. Além disso, tinha visto como as tensões associadas ao fato de terem sobrevivido tinham consumido a sanidade mental de alguns dos passageiros. A paciência era curta; as disputas, até as inimizades, podiam irromper a partir do conflito mais insignificante.

No entanto Jeff tinha pouco a ver com as demais pessoas. Com relação aos monstros da ilha, citados freqüentemente pelos sobreviventes mais impressionáveis, ele não havia visto nada de concreto e não era supersticioso. Se alguma espécie de criatura saída de um filme de horror mostrasse sua face repulsiva, então ele enfrentaria essa criatura. Às vezes, esperava que uma besta provida de pernas bem longas colidisse contra alguma coisa durante a noite apenas para quebrar a monotonia. Enquanto isso, sua própria consciência se encarregava de lhe proporcionar um terror perturbador.

Nas primeiras semanas passadas na ilha, nem mesmo sua consciência o havia assombrado. Sua mente estava ocupada demais reprisando diversas vezes os terríveis momentos finais do vôo 815 da Oceanic.

4.

IVY LEVANTOU-SE NO MEIO DA MANHÃ, PREPAROU CAFÉ, TOMOU banho e foi para a faculdade um pouco depois das onze horas. Enquanto isso, Jeff continuou dormindo.

Ao acordar, por volta da uma hora da tarde, Jeff sentiu seu perfume no travesseiro, e se lembrou das horas maravilhosas do início da madrugada. Ele soltou um gemido e afundou a cabeça no travesseiro. Jeff não era o tipo de homem que ficava com a consciência pesada, mas, naquele momento, sentiu uma desagradável pontada de remorso. Durante toda a semana, havia dito diversas vezes a si mesmo para pensar apenas no trabalho. Podia perceber a vulnerabilidade nos olhos expressivos de Ivy e sabia que ela seria sua quando quisesse. Além disso, Ivy consideraria a experiência como algo muito mais importante do que qualquer coisa que ele pudesse pretender. Embora pudesse ter muitas outras falhas de caráter, no fundo ele era um homem bom e não tinha a intenção de magoar Ivy, mas sim de ajudá-la. Por isso, Jeff havia estabelecido uma rígida política para que não houvesse contato físico.

A verdade era que a experiência de Jeff com Ivy estava longe de ser única. Ele nascera aparentemente com dois talentos iguais: fazer arte e atrair mulheres. Com entusiasmo, Jeff havia abraçado e desenvolvido ambos os talentos, começando no início da adolescência. Agora, sua lista de conquistas amorosas era tão longa quanto seu currículo artístico. Em muitos casos, na verdade, as duas listas se sobrepunham: muitas das belas mulheres acabaram tanto nas suas telas, quanto na sua cama.

Às vezes, pensava com tristeza, *uma exposição numa galeria parece uma viagem através da memória, um diário erótico escrito em pinturas a óleo.*

Jeff se consolava através da convicção de que suas conquistas sexuais em série não eram um crime, e, mesmo que fossem, eram um crime sem vítimas. Ele não fazia juras de amor eterno; não havia promessa de fidelidade. Sempre deixava claro — ao menos, isso ficava evidente para ele — que o encontro fora agradável, até emocionante, mas sua duração era limitada; apenas um momento agradável para todos, sem querer ofender.

Claro que as coisas seguiriam esse rumo com Ivy. Sem dúvida, ela se oferecera a ele e ele havia cedido com relutância. Certamente, ela não alimentava expectativas, não procuraria apostar num relacionamento sério.

Sim, pensou Jeff, com uma duvidosa sensação de alívio, *ela não é diferente das outras. Barcos, como dizem, passando pela noite. Mas,* sentiu um arrepio de medo, *talvez...*

O som da campainha interrompeu seu devaneio. Rapidamente, saltou da cama, e depois de vestir um roupão, encaminhou-se até a porta e a abriu.

Um homem, com o uniforme cinza de um serviço de entregas de Londres, estava diante dele segurando um grande envelope de papel manilha na mão. No momento em que Jeff abriu a porta, o homem olhou para a etiqueta do destinatário.

— Senhor Jeffrey Hadley? — ele perguntou. Jeff notou um acento *cockney* no seu modo de falar.

— Exatamente — respondeu Jeff.

— Uma entrega especial — disse o entregador, estendendo um recibo para Jeff. — Por favor, assine na linha nove.

Jeff assinou e depois pegou o envelope.

— O senhor tem alguma coisa a ver com aquele cantor, Hadley? — perguntou o entregador.

— Cantor? — perguntou Jeff. — Não, já não acompanho música popular há um bom tempo.

O entregador mostrou-se bastante ofendido.

— Ele não é cantor de música popular. Hadley é um tenor lírico.

— Desculpe, eu não sabia — disse Jeff, com um sorriso amarelo. — Nunca ouvi falar de um cantor chamado Hadley.

O entregador olhou para Jeff como se ele fosse mais digno de pena do que de censura.

— Bem, pois saiba que existe um cantor chamado Hadley — disse ele.

Educadamente, Jeff aquiesceu com um gesto de cabeça, esperando por uma continuação, mas o entregador deu meia-volta e afastou-se em silêncio pelo corredor, na direção da escada.

Ao ver os dados do remetente, Jeff foi tomado pela expectativa. O envelope havia sido enviado pela Faculdade Robert Burns, de Lochheath, na Escócia. Ele abriu o envelope cheio de ansiedade. A carta dizia:

Para o sr. Jeffrey Hadley
Prezado senhor,
É com grande prazer que os membros do conselho da Faculdade Robert Burns, de Lochheath, convidam o senhor para ser artista residente neste estabelecimento de ensino, com início em 15 de agosto de 2002.
Esse cargo foi muito poucas vezes preenchido nos 116 anos de história desta instituição, sendo oferecido apenas a pessoas cujo trabalho, habilidades de ensino e caráter sejam da mais elevada estatura. O conselho votou unanimemente em seu nome, e nos sentiremos honrados e orgulhosos de contar com sua presença em nossos quadros.
Mediante sua aceitação, o senhor será contactado pelo tesoureiro da faculdade para informações referentes ao seu alojamento, salário e outros pormenores.

Aguardando sua resposta favorável o mais breve possível, ficamos na expectativa de sua vinda para a Faculdade Robert Burns.

*Atenciosamente,
Arthur Pelham Winstead
Reitor da Faculdade Robert Burns*

Jeff quase começou a dançar pelo apartamento. Fazia quase seis meses que havia sido contatado pela faculdade e, desde então, e em diversas ocasiões, havia conversado com diversas pessoas da instituição. Na realidade, sempre tiveram o cuidado de não lhe oferecer de modo explícito o cargo de artista residente, mas Jeff logo percebeu que o cargo seria seu se quisesse. Inicialmente, não se sentiu muito disposto a aceitá-lo. Lochheath ficava um pouco ao norte de Glasgow, numa região surpreendentemente afastada para uma instituição educacional de tanto prestígio.

No entanto, quanto mais pensava a respeito, mais Jeff concluía que aquele era o passo ideal a ser dado. Estava prestes a completar 32 anos, e suas obras, em geral, vendiam tão rápido quanto era capaz de produzi-las. Porém, sabia que um homem prudente precisava cuidar do futuro. Era realista o suficiente para compreender que, embora pudesse ser um artista popular para o resto da vida, também poderia ser apenas um artista de sucesso passageiro. O cargo naquele estabelecimento de ensino poderia lhe dar tanto uma renda fixa quanto tempo livre suficiente para se dedicar à pintura. E talvez pudesse até lhe assegurar o futuro.

Além disso, tinha de admitir que ensinar seria um grande desafio. Afinal, o que eram os alunos senão telas em branco sobre as quais poderia pintar camadas coloridas de conhecimento, de curiosidade e de esperança?

Sentia muito ter de deixar Londres, mas a Escócia não ficava tão longe assim. De vez em quando, poderia voltar para se divertir um pouco. Além disso, ficaria relativamente perto tanto de Glasgow como de Edimburgo. Nenhuma dessas cidades poderia ser comparada a Londres, mas, ao menos, ofereceriam uma amostra da vida urbana quando a solidão das regiões montanhosas da Escócia ficasse quase insuportável.

Havia outra razão para sua relutância. Lochheath ficava perto da ilha de Arran, onde Jeff havia nascido. A ilha era árida e intimidativa — dois adjetivos que também podiam descrever sua infância. Assim que pôde escapar dali, ele escapou. Deixou Arran quando tinha acabado de completar 16 anos e nunca voltou. No entanto, quando estivesse instalado na Burns, Arran estaria virtualmente na vizinhança.

Por volta das quatro e meia da tarde, a campainha do apartamento de Jeff voltou a tocar. Ele estava dando as últimas pinceladas em sua pintura da Vênus do Apocalipse e foi atender à porta com o pincel e a paleta na mão. Era Ivy, segurando um grande saco de papel. Jeff ficara aborrecido com a interrupção, e Ivy sentiu isso de imediato. Sorriu com nervosismo.

— Pensei... — ela disse, timidamente. — Pensei em fazer seu jantar... — Ela baixou os olhos como se esperasse ouvir um grito ou ser agredida.

Meu Deus, pensou Jeff, *como é a vida dela?*

Ele deu um sorriso cordial e se pôs de lado, convidando-a a entrar.

— Uma grande modelo e uma grande cozinheira? — disse ele, afetuosamente. — Com certeza, você é a mais rara e a mais preciosa das jóias.

Ivy sorriu, aliviada. Colocou o saco no balcão da cozinha e começou a tirar os ingredientes e uma garrafa de vinho.

— Não sou uma grande cozinheira — disse ele. — Mas, se quer saber, faço um espaguete ao molho de tomate muito bom.

— Então, mãos à obra — disse Jeff. — Vou terminar o que estava fazendo e depois preparo uma salada.

— Seria ótimo — disse Ivy. — Vou abrir o vinho.

De fato, o espaguete ao molho de tomate de Ivy era muito bom, ou parecia ser, já que estavam na segunda garrafa de Merlot quando começaram a comer. Jeff acendeu velas e usou a antiga porcelana que herdara da avó. Os dois riram, comeram, beberam mais vinho e tagarelaram. Depois, foram para o quarto de Jeff e fizeram amor. Ao menos até aquele momento, havia sido uma noite perfeita.

Mais tarde, ficaram deitados na cama, ofegantes por causa do esforço. Jeff então se sentou, com o braço em torno de Ivy. Ela descansou a cabeça no peito dele.

— Estou feliz por você ter vindo — disse Jeff.

— Fico feliz por você estar feliz — disse Ivy, sorrindo.

— Sua presença faz com que isto seja uma verdadeira celebração.

Ivy levantou a cabeça e olhou Jeff nos olhos.

— É seu aniversário?

— Ah, não — respondeu Jeff. — Mas tenho uma ótima notícia. Claro que você já sabe que sou um conferencista brilhante e muito culto, não sabe?

— Ah, sim — disse Ivy, concordando com um gesto de cabeça zombeteiro. — Eu me lembro de cada instante da sua palestra da semana passada. — Então, ela exibiu um sorriso largo. — Mas estava tão ocupada comendo você com os olhos, que infelizmente não consegui ouvir uma palavra do que disse.

— Ainda bem que eu não estava dando notas para a turma. Caso contrário, teria de reprovar você — brincou Jeff.

— Mesmo que eu estivesse disposta a batalhar por um crédito extra? — perguntou Ivy, contendo o riso.

Ambos então riram, e Ivy voltou a pousar a cabeça no peito de Jeff. Ele se sentiu encorajado. Seria mais fácil do que ele imaginava.

— Então, qual é o motivo da celebração? — quis saber Ivy. — Você vai dar outra palestra na universidade?

— Não exatamente — respondeu Jeff. — Aconteceu uma coisa maravilhosa. Me ofereceram um lugar como artista residente na Faculdade Robert Burns.

— Onde fica isso? — Ivy perguntou, sentando-se.

— Na Escócia — disse Jeff. — Em Lochheath, na costa ao norte de Glasgow. Não é uma faculdade muito influente, mas o cargo é muito honorável. Faz a pessoa se sentir como se tivesse realmente chegado a algum lugar, sabe?

Ivy levantou os joelhos e os enlaçou firmemente com os braços.

— Quanto tempo você vai ficar por lá? — ela perguntou, olhando para a frente.

— Na realidade, não sei. No mínimo, um ano. E, se entendi bem, sob certas circunstâncias, o cargo é oferecido de modo permanente. Não que eu queira ficar por muito tempo...

Ele parou de falar quando o corpo de Ivy começou a tremer por causa dos soluços. Jeff ficou surpreso e confuso e tentou puxá-la para si.

— Ah, minha querida — ele falou.

Ivy soltou-se do abraço de Jeff, afastando-se bruscamente. Chorou inconsolável por alguns minutos, enquanto ele a observava, impotente. Quando ela finalmente parou de chorar, Jeff perguntou:

— O que foi? O que foi que eu disse?

Ela olhou para ele. Seus olhos estavam vermelhos e inchados, e o rosto ainda estava úmido por causa das lágrimas.

— Nada — respondeu ela. — Você não disse nada. Fui uma idiota por ter pensado...

— Pensado o quê? — perguntou Jeff.

Ela saiu da cama e começou a se vestir. Ficou em silêncio até estar completamente vestida. Pegou sua bolsa e caminhou na direção da porta.

— Ivy...

Ela se virou e olhou para ele com profunda tristeza nos olhos.

— Fui uma idiota por ter pensado que você era diferente dos outros homens.

Jeff então se levantou e pegou seu roupão.

— Mas, sem dúvida... — ele começou a falar.

— Sem dúvida, eu deveria saber que era apenas um caso para uma noite — ela disse, com amargura. — Ou, para ser mais precisa, para duas noites.

— Eu faria qualquer coisa para não magoar você — disse Jeff.

— Qualquer coisa? — Ivy falou, abrindo a porta. — Acho que você está exagerando, Jeff. Você já me magoou. Você me magoou mais do que qualquer outro homem. Eu sentia tanto respeito por você. Estava me sentindo tão orgulhosa...

Ela saiu e fechou a porta silenciosamente. Por um instante, Jeff considerou a hipótese de correr atrás de Ivy. Mas para quê? Mesmo que ele conseguisse fazê-la se sentir melhor naquele momento, estaria apenas adiando o inevitável.

Melhor acabar com isso rapidamente, ele disse a si mesmo. *Ela vai se sentir melhor amanhã.*

Jeff já tinha dito algo semelhante em diversas ocasiões. Agora começava a pensar se realmente acreditava nisso. Sentou-se na beirada da cama. *Sou*, pensou ele, *uma pessoa horrorosa. Uma pessoa horrorosa demais.*

5.

SENTADO NA PRAIA, JEFF TINHA TEMPO DE SOBRA PARA SE LEM-brar e para refletir a respeito da maneira como havia tratado Ivy. Teria considerado essa sua conduta uma das mais vis da sua vida se pouco depois não tivesse tratado outra mulher ainda pior, e pago um preço ainda maior por causa disso.

Sob muitos aspectos, tudo isso parecia muito distante agora — Londres e a Escócia, e as mulheres cujas vidas tinha tocado, e que tocaram sua vida. Todas essas coisas estavam distantes num sentido maior do que o geográfico; quase pareciam lugares, seres e acontecimentos de um mundo completamente diverso. Agora, toda a existência de Jeff consistia apenas na ilha e nas pessoas que tinham sobrevivido com ele. Não havia escapatória nem da ilha nem das pessoas; assim, no que dizia respeito a Jeff, aquele lugar era seu próprio planeta; tinha chegado ali como um viajante espacial do Planeta Passado.

Na realidade, ele pensou sarcasticamente, *um foguete teria sido muito mais seguro do que o avião que nos trouxe aqui.* Lembrou-se daquele dia com o mais banal dos lamentos: *Se eu soubesse...*

Passageiro algum embarca num avião sem sentir um arrepio de medo, mesmo que subliminar, imaginando que a aeronave vai sofrer um acidente. A maioria das pessoas reprime a sensação rapidamente; o tédio e o desconforto do vôo leva a mente para outros lugares. No entanto, mesmo que todas as pessoas sintam medo, a maioria dos passageiros não acredita verdadeiramente que está embarcando num meio de transporte que irá matá-la em poucas horas ou minutos. É um medo abstrato, que está — dizemos a nós mesmos — apenas em nossa mente.

E foi isso o que aconteceu com Jeff Hadley naquele dia. Ele não era um homem muito religioso, mas sempre fazia uma oração ligeira e discreta no momento em que o avião começava a taxiar pela pista. Depois de se reconciliar com um Deus misericordioso, fechou os olhos, esperando que os turistas barulhentos sentados à sua direita e à sua esquerda acreditassem que estava dormindo. Funcionou tão bem que logo ele adormeceu. Quando os gritos dos passageiros apavorados e o rugido ensurdecedor do metal rasgado o despertaram, observou a cena caótica com um estranho distanciamento. Na realidade, não tinha acreditado que iria morrer, apesar do teor da sua oração. E, naquele momento, quando a perspectiva parecia cada vez mais provável, permaneceu surpreendentemente calmo e distante, quase em estado de estupefação.

Então, é desse jeito que eu vou partir, ele pensou. *Não como eu teria imaginado*. Loucamente, começou a escutar uma voz interior, quase zombeteira, cantarolando: *Ah, tudo bem, todos nós vamos embora algum dia!*

Jeff nunca havia acreditado em todo aquele lero-lero sobre experiências extracorpóreas, mas notou que estava vivendo algo parecido naquele momento. Sentia-se como se estivesse sentado numa parte diferente do avião, assistindo serenamente a um filme sobre seu próprio e iminente destino adverso. Sua vida não estava passando diante de seus olhos, e ele ficou ligeiramente desapontado ao perceber que esse clichê tão citado provavelmente não se tornaria realidade no seu caso. A única coisa que ele via passar diante de seus olhos era sua morte; ou, ao menos, o que ele supunha que seria em breve sua morte. O turista sentado à sua direita, um homem obeso, usando uma camisa cor de laranja berrante e uma bermuda totalmente inadequada, desafivelou o cinto de segurança e tentou correr pelo corredor. Depois que a parte traseira da aeronave se desprendeu, diversas fileiras de assentos com passageiros em total desespero foram sendo sugadas para o abismo, seguidas pelo turista em trajes espalhafatosos. Ele estendeu as mãos para a frente e olhou para Jeff um pouco como o Super-Homem interpretado por Buda.

Uma jovem asiática, na fileira na frente de Jeff, virou-se por causa do barulho da ruptura da fuselagem. Por um instante, seus olhos aterrorizados encontraram os olhos dele. Ele quis sorrir para ela, e tentou pensar em algo tranqüilizador para dizer. No entanto, quando abriu a boca, Jeff ficou surpreso em descobrir que, em vez de falar, estava, na realidade, gritando a plenos pulmões.

Mais tarde, Jeff alimentou a esperança de encontrar a jovem entre os sobreviventes, para ter certeza de que ela havia conseguido se sair bem daquela experiência tão traumática. No entanto, ainda que freqüentemente sentisse uma certa animação ao avistar Sun, sempre acabava constatando, com peso no coração, que não era a mesma mulher. Jeff supôs que ela e seus olhos aterrorizados haviam tido o mesmo destino do corpulento Super-Homem.

O rosto da jovem asiática foi a última visão que Jeff se lembrava de ter tido dentro do avião. Ele agarrara a máscara de oxigênio que havia caído na sua frente, mas nunca conseguiu se recordar se a tinha usado. Inicialmente, achou que todo o ar havia sido sugado para fora da cabine de passageiros, pois, de repente, não conseguiu mais respirar. Moveu abruptamente a cabeça para cima e aspirou profundamente, e só então percebeu que estava deitado com o rosto para baixo numa poça de água do mar. Sentou-se de imediato, tentando em vão entender como havia sido transportado de um assento da classe econômica de um avião para essa pequena poça.

Cuidadosamente, flexionou os braços e as pernas, e descobriu que tudo estava funcionando direito. Sentiu um líquido quente no rosto, e passou a mão, que ficou manchada de sangue. Tinha diversos cortes e arranhões pequenos na testa e no rosto, e um talho profundo no queixo, mas nada muito sério, ao menos até onde ele era capaz de dizer.

Um jovem enérgico, com cabelos cortados à escovinha, vestindo um terno social todo amassado, veio correndo até Jeff.

— Você está bem? — perguntou ele.

— Acho que sim — Jeff respondeu, confirmando com um gesto de cabeça.

— Acho que nenhum dos cortes é muito profundo — afirmou o jovem, examinando os ferimentos no rosto de Jeff. — Limpe as feridas com água do mar e procure arrumar uma bandagem para enfaixar esse queixo.

Jeff concordou com um gesto de cabeça e começou a rasgar a manga da camisa.

— Ótimo — disse o jovem. — E quando puder, venha ajudar. Há muita gente em condições bem piores do que você.

— Irei — Jeff respondeu. Usando a manga arrancada da camisa, ele sentou perto da poça e limpou os ferimentos mais leves. O queixo continuava a sangrar copiosamente. Então, por alguns momentos, Jeff pressionou o pano com força contra o corte. Depois, lavou o sangue do pano e o enrolou em torno do rosto, pouco abaixo da boca, e o amarrou atrás da cabeça.

Meu Deus, ele pensou, *devo estar parecendo um bandoleiro, com a máscara abaixada.*

Para Jeff, o resto daquele dia terrível foi uma atividade incessante: ajudou a salvar bagagens e mantimentos da fuselagem destroçada do avião, ajudou outros passageiros feridos da melhor maneira que pôde, tentando se convencer de que não se metera em algum pesadelo do qual nunca seria capaz de acordar.

Naquela primeira noite, Jeff estava tão exausto que nem mesmo tentou procurar abrigo. A temperatura estava baixa, e o céu, claro e estrelado. Deitou-se na areia, um pouco além do alcance da maré alta, e caiu imediatamente num sono profundo e sem sonhos.

Nos dias e nas semanas seguintes, Jeff trabalhou ao lado dos demais sobreviventes, mas permaneceu em silêncio a maior parte do tempo. Sua mente parecia ter se esvaziado por completo.

Juntou alimentos e lenha, e ajudou a construir abrigos rudimentares para ele e para os outros, quase como se fosse um robô, programado para realizar as tarefas necessárias. Ficou sabendo algumas coisas a respeito dos demais sobreviventes. O jovem que tinha examinado os cortes no seu rosto no dia do acidente se chamava Jack. Por razões que Jeff nunca realmente entendeu, Jack emergiu como o líder de fato dos sobreviventes. Ele parecia inspirar respeito e lealdade entre os outros; ao menos, entre a maioria. Porém, havia um homem grosseiro e muito mal-humorado, chamado Sawyer, que tinha um relacionamento difícil com Jack, e, às vezes, Jeff tinha a impressão de que os dois homens estavam à beira de uma luta.

Na Escócia, Jeff teria considerado esse tipo de drama bastante interessante, mas, por algum motivo, naquele lugar não queria dizer muita coisa. Alguns sobreviventes, sem dúvida, sabiam por que Sawyer e Jack pareciam se odiar, mas Jeff não se importava com isso. Na realidade, ele parecia não se importar com nada.

Enquanto Jeff continuava a contemplar o mar e sua placidez, quase se esquecia da desolação daqueles primeiros dias. Supôs que havia ficado em estado de choque, aquele estado misericordioso, que suspende o funcionamento da mente e das emoções quando elas não conseguem lidar com uma sobrecarga de estresse ou horror. No momento em que saiu desse estado de choque, voltou a enfrentar algumas das coisas verdadeiramente terríveis que haviam ficado ocultas na sua mente. Foi quando os sonhos começaram.

A princípio, os sonhos eram vagos: figuras ameaçadoras e pouco visíveis, formas bizarras, que pareciam falar uma língua que Jeff não entendia... e no entanto entendia. Ao acordar, ficava confuso com o que tinha visto, mas só conseguia lembrar de alguns lampejos do sonho. Quando, impulsivamente, começou a desenhar aqueles símbolos misteriosos, não os associou aos sonhos. Mesmo depois de começar a criar objetos e a pintar todos os dias, nunca se perguntara de onde vinha sua inspiração. De certo modo, ficou feliz por voltar a criar, mesmo se essa sua nova arte não mostrasse semelhança com nada do que havia feito antes. Jeff também não pensava muito sobre essa diferença; apenas continuava trabalhando. Se ocorresse a ele, mesmo de passagem, que estava se movendo numa direção artística inteiramente desconhecida, rejeitaria essa idéia de imediato, considerando-a o resultado natural do trabalho sob circunstâncias muito diversas, elaborado apenas com os materiais que podia obter na ilha.

Mas a presença de Hurley naquele dia obrigou Jeff a prestar atenção na arte que havia criado na ilha pela primeira vez. Jeff refletiu muito sobre seu último desenho e ficou quase assustado com a obra, como se só naquele momento tivesse adquirido plena consciência do que havia desenhado no papel de carta pautado. Não foi a primeira vez que teve a sensação estranha de que havia criado a obra diretamente do seu inconsciente. E o que era ainda mais estranho, quase chegou a pensar que o desenho havia sido criado por outra pessoa, sendo ele meramente um instrumento. Esse fato quase chegava a tranqüilizá-lo, pois, principalmente nos últimos dias, tivera visões apavorantes, que não tinha vontade de reivindicar como suas. O que a princípio haviam sido iniciativas excêntricas de "encontrar" arte, começaram a se metamorfosear em imagens mais sombrias, mais perturbadoras. As criaturas malévolas do desenho que Hurley considerara tão perturbador estavam se insinuado na obra de Jeff com maior clareza e mais freqüência.

Olhando para o mar, Jeff pensava em como essas visões de horror e fora de propósito pareciam deslocadas num cenário tão luxuriante e deslumbrante. Na praia, diversos sobreviventes estavam sentados ou agachados num semicírculo em volta da fogueira, comendo o peixe pescado por Jin. Hurley não estava entre eles.

A maré estava subindo, e as ondas chegavam cada vez mais perto do lugar em que Jeff estava sentado. No entanto, ele estava concentrado demais em seus pensamentos para perceber. Algo que Hurley dissera há pouco continuava martelando em sua mente. Quando estavam no ateliê de Jeff, Hurley havia formulado a pergunta padrão que, mais cedo ou mais tarde, acaba sendo feita para todos os artistas:

— Ei, cara, de onde você tira suas idéias?

— Eu diria a você se soubesse — Jeff respondeu, balançando a cabeça. — Mas essas coisas simplesmente vêm para mim. Acordo de manhã e.... — Ele apontou para todas as peças enfileiradas no chão coberto de relva do ateliê.

— Você deve sonhar com tudo isso — disse Hurley, com toda a seriedade.

— Talvez — respondeu Jeff.

— Sabe o que você devia fazer? — disse Hurley. — Você devia fazer um, como é mesmo que as pessoas chamam... Ah, sim, diário dos sonhos.

Jeff ficou surpreso com a afirmação. Savannah costumava dizer a mesma coisa para ele.

6.

QUANDO JEFF HADLEY CHEGOU NA FACULDADE ROBERT BURNS, em Lochheath, na Escócia, sentiu-se uma autêntica celebridade. De fato, sua reputação crescera rapidamente em Londres, e ele estava acostumado a ser festejado por donos de galeria, a ser aclamado pelos críticos e a ser cortejado por colecionadores de arte, ávidos por adquirir sua próxima grande obra. No entanto Londres era muito grande, e o grupo de celebridades, muito vasto, para que Jeff se sentisse uma autêntica estrela.

Porém, em Lochheath, no instante em que o trem parou na estação, soube que as coisas eram diferentes. Na plataforma, havia um comitê de recepção, e uma mulher de meia-idade — Jeff, surpreso, notou — segurava um grande cartaz, no qual se lia "Bem-Vindo Jeff Hadley!". Ele surgiu na porta do vagão, segurando uma mala na mão direita e um casaco de *tweed* na mão esquerda. Quando a aclamação de boas-vindas cresceu, Jeff ficou parado no degrau superior, sentindo como se estivesse revivendo uma cena de um filme antigo. Na realidade, tinha decidido fazer a viagem de trem em vez de carro; assim, essa chegada seria possível. No entanto, na realidade, não esperava qualquer pessoa. E, quando viu o pequeno mar de gente, cerca de quarenta rostos radiantes, ficou tão encantado quanto ligeiramente constrangido.

Um homem alto, beirando os cinqüenta anos, deu um passo à frente, estendendo a mão para Jeff. Tinha cabelos negros, cortados à escovinha, e usava um elegante terno de três peças. Jeff reconheceu-o dos encontros anteriores, e se lembrou dele como uma pessoa um tanto maçante. No entanto, disse a si mesmo, ele agora estava ingressando numa instituição acadêmica, e sabia que, se tivesse preconceito contra acadêmicos maçantes, seria um homem solitário.

— Senhor Hadley, senhor Hadley, senhor Hadley — repetiu o homem três vezes, com um entusiasmo meloso. — Sou Gary Blond. Encantado por vê-lo. Simplesmente encantado!

— Claro, senhor Blond — disse Jeff, sorrindo, chacoalhando a mão estendida. — Eu me lembro muito bem do senhor. É muito bom revê-lo.

O senhor Blond sorriu de prazer ao ser reconhecido por tão venerável personalidade.

— Meus caros companheiros de faculdade — disse o senhor Blond em voz alta, virando-se para a pequena multidão. — Por favor, vamos dar as boas-vindas ao nosso novo e prestigioso artista residente, o senhor Richard Hadley!

Todos aplaudiram freneticamente.

— Muito obrigado — agradeceu Jeff, curvando-se ligeiramente e sorrindo tão cordialmente quanto possível. — Mas, por favor, uma pequena correção. Meu nome é Jeffrey Hadley, e não Richard; mas espero que todos vocês me chamem de Jeff.

O senhor Blond soltou uma gargalhada estrepitosa diante da sua gafe.

Ninguém mais riu, evidentemente não achando graça na gafe do sujeito, mas Jeff manteve seu largo sorriso, indicando para todos que não estava nem constrangido, nem melindrado. Esperava transmitir a aura de alguém que se considerava apenas um indivíduo normal, e não um artista que vivia numa torre de marfim, inacessível para os comuns mortais.

O restante do dia foi uma exaustiva romaria de apresentações, duas recepções — uma com chá e sanduíches, e outra com bebidas alcoólicas — e, por fim, um jantar com a maioria dos outros professores da área de artes. Com exceção do senhor Blond, Jeff considerou que os outros membros da faculdade pareciam pessoas agradáveis e inteligentes. O reitor da faculdade, o muito citado Arthur Pelham Winstead, estava ausente, numa conferência acadêmica. Jeff ficou aliviado ao saber desse fato; uma pessoa a menos para travar conhecimento e se envolver numa conversa insípida.

No entanto Jeff notou que algumas mulheres do corpo docente eram bastante atraentes. Ele teve o cuidado de registrar esse pequeno fato com um certo grau de cautela.

Devagar, disse Jeff a si mesmo. *Lembre-se, estamos começando uma nova vida. Esse caminho é fonte de problemas.*

Ao final de um dia muito longo, o senhor Blond levou Jeff até sua nova casa. Mesmo sob a luz fraca da iluminação de rua, o chalé parecia pitoresco e convidativo, lembrando todos os clichês do charme escocês. As paredes eram de pedra cinzenta. A porta da frente era guarnecida por largas placas de pedra calcária, assim como as duas grandes janelas que a ladeavam. Duas empenas projetavam-se do telhado de ardósia do segundo andar. Entre elas havia uma pequena clarabóia; sem dúvida, um acréscimo moderno a uma casa antiga.

O senhor Blond carregou a mala de Jeff e a deixou no vestíbulo. Jeff o seguiu, parando na porta para fazer uma avaliação do andar térreo. À esquerda, havia uma sala de estar. Alguém tinha vindo na frente e deixado a lareira acesa. À direita, havia uma pequena sala de jantar. Três velas queimavam num candelabro de bronze sobre uma toalha de mesa de renda.

Bem à frente de Jeff, estavam os degraus da escada, entalhados rusticamente em tábuas de madeira bastante grossas.

— A cozinha fica ali, logo atrás da escada — o senhor Blond mostrou, apontando para os degraus. — E aqui em cima... — Ele começou a subir a escada — ... fica o seu quarto.

Jeff o seguiu, tomando cuidado para não ser atingido no nariz pela mala, que o senhor Blond balançava de modo desenfreado. No alto da escada, o quarto era grande, mas com um teto baixo. Diante das proporções estranhas entre amplidão e pouca altura, Jeff se lembrou da casa em que vivera na infância, em Arran. A cama era grande, com um colchão exageradamente estofado, quatro imensos travesseiros e um acolchoado grosso e vistoso. O fogo na lareira do quarto também brilhava vivamente. Para Jeff, aquilo parecia o cenário criado por um diretor de arte sem imaginação para um filme ambientado na Escócia. E, novamente, como na estação ferroviária, sentiu-se tão tocado quanto divertido.

O senhor Blond olhou ao redor, com satisfação.

— A comissão de decoração fez um trabalho muito bom, não é mesmo?

— Sim, realmente — concordou Jeff, ansioso para que o senhor Blond fosse embora. — E esta cama parece particularmente convidativa depois de um dia tão cansativo. — Então, ele acrescentou, para não melindrar o senhor Blond: — Cansativo, mas agradável.

— De fato — disse o senhor Blond. Ele colocou a mala de Jeff sobre um apoio perto do grande guarda-roupa de carvalho. Então, ele simplesmente ficou parado, sorrindo amavelmente para Jeff.

— Bem... — murmurou Jeff. — Como eu disse, a cama parece *muito* convidativa.

O senhor Blond pareceu surpreso.

— Ah, o senhor quer se deitar *agora*. Bem, então, se me permite, vou deixá-lo.

— Obrigado por tudo — disse Jeff, apertando a mão do senhor Blond.

— Ora, ora, ora — disse o senhor Blond. — Estamos muito satisfeitos e honrados por estar aqui.

— Ah, a honra é toda minha — disse Jeff, sentindo que essa conversa continuaria por toda a noite. — Amanhã de manhã, irei vê-lo. Será a primeira coisa que farei.

— Sim, sim, sim — disse o senhor Blond.

Jeff estava ficando cansado do hábito do senhor Blond de repetir tudo três vezes.

— A primeira coisa. Realmente, realmente, realmente.

Quando o senhor Blond saiu finalmente pela porta da frente e Jeff ouviu a partida do carro, soltou um suspiro de alívio. Agora que a casa estava livre da presença de Blond, ele poderia apreciar seus muitos encantos. Entrou na pequena sala de estar, de teto baixo, e se sentou numa poltrona estofada, posicionada perto da lareira. Havia uma mesinha ao lado, sobre a qual havia uma garrafa de conhaque e um copo. Serviu-se de uma dose generosa, e bebericou com satisfação. Logo, com o efeito combinado do fogo da lareira e do conhaque, ficou agradavelmente aquecido, tanto por dentro quanto por fora. Além disso, a poltrona era muito confortável, tanto que, apesar da aparência muito convidativa da cama do andar superior, Jeff acabou adormecendo ali mesmo.

Acordou quando os raios do sol brilharam através da cortina da janela, atingindo-o diretamente nos olhos. Levantou-se com uma rigidez incomum e percebeu que, provavelmente, não havia movido um músculo durante toda a noite. Foi até a cozinha e começou a abrir as portas dos armários. Descobriu que alguém — talvez da comissão de decoração, da qual o senhor Blond estava tão orgulhoso — havia comprado alguns mantimentos antes da sua chegada. Encontrou chá, café, ovos, pão, manteiga, açúcar e suco de laranja. Naquele momento, apenas o café lhe pareceu apetitoso, e ele logo preparou um bule.

Tomou o café calmamente, sentado numa robusta cadeira de madeira colocada sobre os degraus do lado de fora da porta dos fundos. O jardim da parte de trás da casa era pequeno, mas de um verde exuberante. No verão, ficaria bem sombreado, e, mesmo naquela manhã fresca de outono, Jeff já sabia que tinha encontrado seu lugar favorito na nova casa.

Imediatamente, Jeff sentiu-se à vontade e feliz na Faculdade Robert Burns. Lochheath era uma representante típica dos diversos pequenos povoados que pontuavam a zona rural escocesa. Fileiras de casas de pedra e pequenos negócios, com as construções muitas vezes ligadas em grupos de três ou quatro, alinhadas em ambos os lados de uma rua bem larga. Existiam quatro igrejas paroquiais, e seus campanários se erguiam acima dos telhados de sapé ou de ardósia, oferecendo ao viajante orientação tanto literal quanto espiritual, qualquer que fosse sua necessidade.

Logo depois de Lochheath, um mar muito escuro batia com força contra a costa rochosa. Alguns pescadores corajosos, em barcos de aparência frágil, saíam todos os dias em busca de uma boa pesca. Durante séculos, eles e seus antepassados antes deles haviam forjado uma aliança turbulenta com o oceano bravio. Mesmo em seu chalé, quase cinco quilômetros distante da praia, Jeff às vezes conseguia ouvir seu poderoso bramido, e se sentia reconfortado.

É claro que sua celebridade o tinha antecedido, e, desde o início, suas aulas ficaram lotadas. Ele ficou satisfeito ao descobrir que diversos alunos possuíam talento autêntico. Rapidamente, formou uma turma vibrante, embora não oficial, que desenvolvia atividades num grande ateliê, num anexo ao seu escritório.

Muitas vezes, a ânsia das alunas de se insinuar ao grande pintor acabava proporcionando outros tipos de tentação a Jeff. Diversas garotas entusiasmadas e casadouras, por exemplo, diziam que tinham lições para dar a ele. A voz interior de Jeff incitava-o a considerar seriamente todas as ofertas das jovens, mas sua consciência superior resistia obstinadamente às conquistas fáceis.

Naturalmente, isso não significava que Jeff tivesse se convertido em um monge ou num simples professor. Pelo contrário, o mercado constituído por donos de galeria, funcionários de museus e críticos de arte, não apenas em Lochheath, mas também em Glasgow, parecia ser quase inesgotável. Além disso, a cada três ou quatro meses, Jeff voltava para passar um fim de semana prolongado em Londres, onde sua rede de contatos ainda era bastante grande. Vivia dizendo a si mesmo que se dedicasse ao seu trabalho artístico metade da energia que despendia na arte da sedução, ainda poderia se tornar um pintor de verdadeira grandeza. No entanto, ele tinha de admitir, a troca simplesmente não lhe parecia justa.

Como a vida amorosa de Jeff tinha muita diversidade — se não muita emoção verdadeira —, ele era capaz de erguer uma barreira mental impenetrável entre ele e até mesmo a mais atraente das suas alunas.

No entanto, essa barreira caiu estrondosamente no dia que conheceu Savannah.

Jeff jamais conseguiria entender por que Savannah McCulloch havia tido um impacto tão forte sobre ele. Olhando friamente, ela não era mais bonita ou sensual do que qualquer uma das dezenas de outras jovens da sua classe. Era uma artista talentosa, mas não era um prodígio ou um gênio em formação. Era inteligente e tinha um senso de humor sagaz, mas o mesmo podia ser dito a respeito de muitas outras garotas. No entanto, desde o momento em que Jeff a viu, sentada na segunda fila da sala de aula, fazendo desenhos seriamente num grande bloco de papel, ele se apaixonou perdidamente por ela.

Com um metro e setenta e oito de altura, Savannah era mais alta do que a maioria das outras garotas da classe. Seus cabelos eram longos, alcançando quase a cintura, da cor da areia. Às vezes, usava-os numa trança longa e compacta, mas quando escorriam livremente, Jeff achava que ela se parecia com uma figura saída de uma pintura de Botticelli. Seus olhos eram azul-claros, mas havia uma intensidade por trás deles, fazendo-os literalmente reluzir, um fenômeno que Jeff sempre considerara um lugar-comum literário.

E sem dúvida alguma, ele concluiu depois, foram os olhos dela que o cativaram. Exatamente como os olhos assombrados de Ivy tinham dado início à seqüência de eventos que terminariam fazendo com que ele partisse seu coração.

Durante toda essa primeira aula, no início do quarto ano de Jeff como artista residente na Burns, pareceu-lhe que os olhos de Savannah estavam perfurando os seus como lasers. Sentiu-se tão constrangido com seu olhar intenso e implacável que perdeu o rumo da aula mais de uma vez.

Mais tarde, enquanto o restante da classe saía da sala de aula, Savannah aproximou-se da mesa de Jeff.

— Acho que você está errado, sabe? — ela disse, amavelmente.

— Perdão? — disse Jeff, surpreso.

— Toda essa sua obsessão com detalhes realistas — disse ela. — Isso funcionava muito bem antigamente. Mas a fotografia faz isso melhor. Agora a arte deveria ir a lugares onde o realismo não é capaz de chegar.

— E você é...? — Jeff perguntou, com um sorriso, reclinando-se na cadeira giratória.

— Savannah McCulloch — ela se apresentou. — Sou pintora.

Jeff aquiesceu com um gesto de cabeça.

— Muito bem, sua teoria me parece muito interessante — ele afirmou. — Era o que pensavam os impressionistas, há mais de um século.

— Sem dúvida, você não levou a sério a mensagem dos impressionistas — afirmou ela, sorrindo. — Vamos lá, Jackson Pollock... está mais para isso.

Jeff voltou a sorrir.

— Então, você acha que meu trabalho seria mais interessante se eu simplesmente jogasse uma lata de tinta sobre uma tela e deixasse a tinta escorrer ao acaso, em vez de criar com esmero uma imagem executada com perfeição?

— Você não concorda que a busca por esse tipo de perfeição apenas suga o sangue do processo criativo? — ela prosseguiu.

— Quantos anos você tem? — perguntou Jeff, inclinando-se para a frente, apoiando os cotovelos sobre a escrivaninha.

— Vinte e dois — ela respondeu —, fato que não tem absolutamente nenhuma importância para esta conversa.

— Ah, mas eu acho que tem muita importância sim — disse Jeff. — Foi por isso que considerei o assunto tão longamente.

— O que você quer dizer com isso? — ela perguntou, intrigada.

— Quero dizer que as pessoas muito jovens têm o direito de apregoar asneiras com absoluta convicção — disse ele. — Só depois que ficamos mais velhos e aprendemos mais, muito mais, é que percebemos o quão pouco sabemos.

— Sei — ela disse, ainda amavelmente. — Vendido mas condescendente. Calma, coração que bate!

— Se você considera minhas opiniões e minha técnica tão abomináveis, gostaria de saber por que se deu ao trabalho de assistir minha aula.

Savannah soltou uma gargalhada. Jeff ficou totalmente fascinado por aquele som.

— Porque também quero me vender como artista plástica, mas ainda não tenho a técnica!

Jeff começou a rir junto com ela. Ele não tinha absoluta certeza se ela o tinha insultado de verdade, ou se ela estava apenas se divertindo com ele. De qualquer maneira, Jeff percebeu, com um medo delicioso, que tinha acabado de se apaixonar.

7.

INICIALMENTE, APROXIMARAM-SE EM SILÊNCIO, TÃO EM SILÊNCIO que Jeff não escutou a aproximação, nem a sentiu. Piscou os olhos repetidas vezes, procurando, com toda a sua vontade, perscrutar a cerração espessa que o rodeava. No entanto, nada se revelava. Absolutamente nada.

Jeff não sabia se estava num buraco, numa caverna, num quarto fechado ou no purgatório. Tudo o que sabia era que estava prestes a aprender algo que não queria saber. O medo cobria sua alma como um manto sombrio. Seu corpo estava quase entrando em convulsão por causa da agonia intensa do suspense insuportável.

Olhou ao redor com desespero. Se pudesse ao menos ver onde estava, talvez conseguisse imaginar o que o estava perseguindo. Se ao menos uma única coisa se apresentasse para ele. Mesmo um monstro terrível seria melhor do que essa espera e esse assombro insuportáveis. Ao menos, saberia contra quem tinha de lutar, ou o que tinha vindo destruí-lo. Por mais aterrorizante que fosse a idéia, a ignorância era ainda mais apavorante.

Então, saindo da névoa, quase começaram a se mostrar. Um movimento de tecido aqui, uma sombra escurecida ali. Olhos que não brilhavam intensamente, mas que eram perfeitamente visíveis. Jeff cobriu o rosto com as mãos, mas ficou espreitando entre os dedos, como fazia quando criança ao assistir a um filme de terror.

As coisas estavam ao redor. Não eram pessoas, não eram criaturas... eram apenas coisas. Jeff quis sair correndo e gritar, mas não tinha idéia do caminho a seguir. E, surpreendentemente, por mais que se sentisse tentado a fugir, sentiu uma necessidade mais forte de seguir as coisas através da névoa impenetrável. Deu um passo à frente, quase incapaz de acreditar nas próprias ações. As coisas o estavam conduzindo, agora ele sabia. Tinham vindo por causa dele, e o estavam levando para um lugar que havia sido preparado para ele. Jeff respirou com dificuldade, e estendeu as mãos para a frente, como um sonâmbulo.

À medida que avançava cautelosamente, escutou algo que pareceu quase como um sussurro. Quanto mais penetrava dentro da névoa, mais alto ficava o sussurro. Soava quase como uma língua, mas era uma língua que Jeff nunca tinha escutado antes ou mesmo imaginado.

Jeff teve uma sensação indefinível de que havia chegado ao seu destino, e parou de caminhar, embora nada do que pudesse ver indicasse que percorrera mais do que alguns metros. No entanto, sentiu que as coisas estavam revelando algo a ele. Ao pensar sobre o que queriam que visse, seu tremor redobrou, seu corpo estremeceu, como se tivesse enfiado a língua numa tomada elétrica.

E embora a névoa não parecesse estar se desfazendo, Jeff, de alguma maneira, começou a enxergar através dela. Naquele momento, sentiu que estava numa espécie de câmara escura subterrânea. À sua frente, as paredes estavam cobertas com desenhos e entalhes. Eram formas bizarras, estranhas. Com um violento sobressalto, percebeu que eram semelhantes às que tinha criado desde sua chegada na ilha.

As figuras apavorantes aproximaram-se de Jeff, cercando-o. Começaram a exercer pressão, mas eram tão terrivelmente indistintas naquela proximidade como tinham sido desde o início. Talvez estivessem vestindo mantos, Jeff pensou. Talvez não. Podia ser que seus corpos fossem simplesmente fluídos e maleáveis, como tecidos.

Todas as figuras observavam Jeff com olhares malévolos, mas uma delas parecia fitá-lo de uma maneira mais significativa, como se tentasse comunicar alguma coisa mais profunda. Seria a imaginação de Jeff, ou essa figura era uma mulher? Uma mulher com traços delicados e cabelos longos e claros? Como isso era possível? Ele não conseguia enxergar as outras figuras com clareza suficiente nem mesmo para definir se eram humanas, muito menos se eram masculinas ou femininas. Mas essa figura era diferente.

Mantendo o olhar fixo nos olhos de Jeff, ela estava segurando um objeto bem acima de sua cabeça. Erguendo os olhos cheios de medo, Jeff viu que era uma roda plana com uns trinta centímetros de diâmetro, e que tinha um desenho bastante elaborado no centro. Concluiu que deveria ser uma espécie de talismã. Parecia feito com uma madeira bem polida. A mulher não dizia nada, mas continuava a segurar o objeto com as duas mãos, aparentemente à espera de que Jeff entendesse o seu significado.

E então ele começou a entender. *Sim*, ele pensou. *Sim, é claro. É a chave...*

Jeff acordou com um sobressalto violento. Seu rosto estava ensopado de suor, e ele estava deitado no chão do ateliê a alguns metros do leito de folhagem, capim e palha em que normalmente dormia.

Ele se sentou e segurou a cabeça entre as mãos. O sonho já estava começando a se desvanecer. O significado do talismã parecera tão claro para ele, mas agora que estava acordado, tudo o que conseguia lembrar do sonho era o pavor. E também da mulher. Esses pesadelos estavam se tornando cada vez mais freqüentes, mas ele tinha certeza de que a mulher nunca havia aparecido antes. Sabia que devia ter algum significado, mas, naquele momento, tudo o que queria era relaxar para parar de tremer.

Enquanto respirava fundo, procurando se acalmar, ele se lembrou de outra coisa: do próprio talismã. Ainda não conseguia se lembrar do que havia pensado a respeito dele, mas se lembrava da sua aparência.

Ele saiu do ateliê. A lua cheia estava alta, bem acima de sua cabeça, banhando a praia com um suave brilho prateado. Algumas fogueiras rompiam a escuridão aqui e ali, mas, se havia outros habitantes da ilha acordados naquela hora, Jeff não os viu. Ele foi caminhando até sua pilha de sucata. Durante semanas, sempre que via um osso, uma concha ou um pedaço de madeira flutuante interessante, levava-o para perto do ateliê e jogava-o sobre a pilha. Imaginava que, mais cedo ou mais tarde, encontraria um uso para isso em um ou outro projeto artístico. E ele sabia que, na pilha, havia uma peça perfeita para a inspiração que estava tendo naquele momento.

Depois de cavoucar por alguns minutos, com a busca dificultada pela baixa luminosidade, encontrou uma tábua quadrada e grossa. De onde esse pedaço de madeira tinha vindo, Jeff não fazia a menor idéia. Parecia uma prancha larga, cortada com um serrote. Ele duvidava de que tivesse vindo do avião, e duvidava de que existisse um serrote na ilha. Mas isso não importava; esse era um mistério que poderia ser considerado outro dia.

Naquele momento, tinha de começar a trabalhar. Sentou-se ao lado da entrada do ateliê e recostou-se sobre um dos grossos troncos de palmeira que formavam as paredes. E depois de afiar o canivete numa pedra, começou a entalhar um talismã.

8.

AO LONGO DA NOITE, JEFF ENTALHOU A PEÇA. A NECESSIDADE DE dormir finalmente tomou conta dele no momento em que a luz turva da alvorada começou a se espalhar sutilmente pela praia. Sentiu como se tivesse caído no sono por um microssegundo quando foi chacoalhado pelos ombros.

— Levanta-te e brilha — disse Hurley, curvando-se sobre Jeff. — Está na hora de irmos caçar o porco-do-mato.

Jeff suspirou. Ainda estava recostado no tronco da palmeira. Tinha ficado sentado com as pernas cruzadas sobre a areia e, naquele momento, os joelhos estalaram e doeram, enquanto se endireitava com cautela, preparando-se para se levantar.

— Ah, meu Deus! — disse ele. — Tenho certeza de que o animal vai continuar saboroso se o pegarmos mais tarde.

— Locke disse que logo cedo é melhor — disse Hurley, dando de ombros. — Talvez o porco-do-mato também goste de dormir de manhã.

Hurley estendeu-lhe a mão. Jeff a segurou e se pôs de pé com esforço.

Sinto como se tivesse setenta anos, ele pensou.

— Puxa, sei como o porco-do-mato se sente — afirmou Jeff. — Pra falar a verdade, neste momento, acho que sei como o porco-do-mato vai se sentir quando Locke o apanhar.

Hurley concordou com um gesto solene de cabeça.

— Um pouco de café cairia bem, não?

— Muito bem — respondeu Jeff. — Muito bem mesmo.

Um pequeno grupo de caçadores havia se reunido perto do lugar onde o peixe fora preparado na noite anterior. Alguns dos pedaços de carvão ainda estavam ardendo, e a areia estava coberta com espinhas de peixe.

Jeff reconheceu a maioria dos homens do grupo. Locke era alto e aprumado, com olhar resoluto e a cabeça que mantinha raspada. Para Jeff, Locke devia ter sido um militar; lembrava-o aqueles homens duros, indômitos, das histórias de aventura que lia quando criança — o tipo de homem que se alistaria na Legião Estrangeira francesa ou viveria na selva sobre águas pantanosas e ratos vivos. Locke o assustava um pouco; no entanto, os poucos encontros que tiveram haviam sido sempre agradáveis.

Ao lado de Locke, estava Michael. Como acontecera com Locke, Jeff tivera apenas contatos ocasionais com Michael. No entanto gostara dele instintivamente, sem nenhuma razão aparente, exatamente o oposto do que acontecera em relação a Locke. O olhar de Michael era amável, e Jeff havia reparado na afeição genuína que existia entre Michael e seu filho, Walt. E agora que Hurley havia lhe contado que Michael era um artista, Jeff estava ansioso para falar de assuntos profissionais com ele. A própria idéia o surpreendera um pouco. Jeff não tinha ficado ansioso para falar com ninguém sobre coisa alguma desde que haviam feito o pouso forçado ali, naquele purgatório verdejante.

Charlie também estava ali. Seu rosto sonolento exibiu um sorriso largo quando notou a aproximação de Hurley e de Jeff, e ele acenou para eles. Locke e Michael estavam colocando garrafas de água e frutas em bolsas. Quando Locke reparou nos recém-chegados, ficou de pé e jogou um fardo para cada um. Jeff notou que Sawyer não estava entre os presentes, nem o doutor Jack. Ficou imaginando se os dois antagonistas simplesmente estavam se evitando, ou se ambos teriam tarefas mais importantes ali no acampamento naquele dia.

— Bom dia — disse Locke, sorrindo. Era um sorriso amigável, pensou Jeff, então por que o desagradava tanto?

— Bom pra quem? — Hurley provocou. — Pessoalmente, sou capaz de imaginar pelo menos um lugar onde eu preferia estar a esta hora.

— Eu também — Michael concordou, sorrindo. — Eu estava em outro mundo quando esse cara — ele estendeu a mão e apontou o dedo para Locke — veio interromper meu sono de beleza. — Michael olhou para Jeff e manteve a mão estendida. — Você é o Jeff, certo? Bom que você veio.

Jeff apertou a mão de Michael e depois saudou os outros homens. Teve a sensação tola de que era o aluno mais novo da turma, o intruso entre as crianças mais populares. Charlie também apertou a mão de Jeff, e perguntou:

— Foi você que encontrou uma casa natural, não foi?

Jeff confirmou com um gesto de cabeça.

— Fui eu, sim. Pura sorte.

— Sorte não existe — disse Locke, voltando a exibir seu sorriso gélido. Então, ele caminhou até uma espécie de alpendre, onde diversas lanças estavam apoiadas. Na realidade, eram apenas galhos razoavelmente retos ou hastes de bambu com pontas afiadas, talhadas por ele.

— Alguns de vocês nunca saíram para caçar porcos-do-mato — disse ele. — Pode ser perigoso. Assim, quero que todos fiquem juntos e não se arrisquem. Prefiro voltar para casa sem um porco-do-mato do que sem um de vocês.

— Ou sem você — disse Michael, com os olhos brilhando.

— Pouco provável — Locke falou, sem sorrir. — Todos nós vamos ter lanças. Também tenho isto. — Ele puxou uma faca grande, com uma lâmina serrilhada longa, da bainha presa no seu cinto. — As lanças vão derrubar o porco, eu espero. Se conseguirmos fazer isso, então posso matá-lo. Essa deverá ser a parte fácil. A parte difícil será arrastar vários quilos de presunto e bacon para o acampamento.

Todos permaneceram em silêncio. Jeff ficou inesperadamente excitado com a perspectiva da caçada. Na Inglaterra, teria rechaçado a idéia. Na realidade, provavelmente se juntaria a um grupo de manifestantes protestando contra isso. Talvez ele estivesse se transformando no Homem Primitivo, pensou. Talvez todos eles, no fim, acabassem voltando ao estado dos selvagens. Ele já tinha lido *O senhor das moscas*. Sabia o que poderia acontecer; o que provavelmente *iria* acontecer.

— Se vocês conseguirem carregar duas lanças, não será uma má idéia — disse Locke, passando uma lança para cada homem.
— Nunca se sabe do que podemos precisar.

— Até onde vamos ter de ir? — perguntou Charlie.

Locke apontou para o alto de uma colina distante. Jeff calculou que devia ficar a uns oito quilômetros de distância.

— A última vez que peguei um porco-do-mato naquela área, vi diversos porquinhos. Se tivermos sorte, eles não se afastaram muito do lar. Talvez também haja alguns adultos. De qualquer maneira, vamos pegar o que conseguirmos. — Locke então apontou para os fardos de provisões. — Temos água para um dia. Espero que consigamos voltar até o anoitecer. Mas se isso não for possível, há diversas nascentes na mata. Assim, nesse *front*, não haverá problema. Mas devemos ir com calma com as frutas. Talvez encontremos algumas no caminho, talvez não.

— Quem sabe não encontramos algumas daquelas vacas de que falamos — disse Hurley a Jeff, sorrindo.

Jeff também deu uma risada.

— Não entendi a piada — disse Locke.

— Bobagem — explicou Jeff. — Hurley e eu estávamos falando sobre como seria bom se pudéssemos comer um bom filé.

— Acho que todos gostaríamos disso — disse Locke, sorrindo.

— Que assim seja! — acrescentou Michael.

Locke virou-se e começou a caminhar. Todos os homens se alinharam atrás dele. Como Locke havia sugerido, cada homem carregava duas lanças. Jeff começou a usá-las como bengalas, segurando uma em cada mão. De repente, ocorreu-lhe a idéia absurda de que parecia estar esquiando no campo. A idéia de que nunca mais voltaria a esquiar passou rapidamente por sua cabeça. Era bem provável que ele nunca mais voltasse a ver neve em sua vida. Mas, com a mesma rapidez com que lhe ocorreu essa idéia deprimente e desalentadora, Jeff procurou afastá-la.

— Hurley me contou que você é artista — disse Jeff, caminhando pouco atrás de Michael, quase ao seu lado.

— Sim — confirmou Michael. — Ele me disse a mesma coisa a seu respeito.

— Por onde andava o Hurley quando eu vivia na Inglaterra e precisava de um bom assessor de imprensa? — gracejou Jeff. — Ele parece capaz de espalhar as notícias com muita eficiência.

Alguns passos à frente, Hurley virou-se um pouco.

— É o seguinte: se vocês forem falar a meu respeito, falem bem!

Caminhando ao lado de Hurley, Charlie sorriu maliciosamente para Michael e Jeff.

— Mas se vocês forem falar a meu respeito, podem falar mal. Bem mal! Você nunca está satisfeito com as fãs quando elas estão por perto. Mas sente falta delas quando não estão.

Jeff olhou para Michael com uma expressão interrogativa.

— Charlie fazia parte de uma banda de rock — Michael contou a Jeff. — Os Driveshaft. Você conhece?

— Talvez alguns dos meus alunos — Jeff respondeu, negando com a cabeça. — Eu gosto mais dos clássicos. Os quatro B: Bach, Beethoven, Brahms e os Beatles.

— Bem, ainda não fazemos parte dessa turma. Mas nossa banda não era ruim. Muito pelo contrário — disse Charlie.

— Não quero me intrometer — atalhou Michael, olhando para Jeff. — Mas como é que você não conhece os Driveshaft? Esse rapaz só fala disso.

— Eu era tão ruim assim? — perguntou Charlie.

— Sim — respondeu Michael.

Jeff caminhou em silêncio durante algum tempo.

— Não sei como explicar isso de modo adequado — disse ele, por fim. — Nem mesmo para mim. Mas desde que chegamos aqui, me senti... afastado. Não há outra maneira de dizer. Não senti vontade de encontrar ninguém, ou de conversar com alguém. E depois que achei meu ateliê, simplesmente me pareceu que o destino me havia concedido um lugar para que eu pudesse ficar sozinho.

— Puxa, você me parece um sujeito bem amigável — disse Michael.

— Sim, tirando essa misteriosa vibração isolacionista — completou Hurley.

— Eu sou uma pessoa amigável — disse Jeff, sorrindo. — Pelo menos sempre fui, antes disto, eu acho.

Para sua surpresa, Jeff se sentiu à vontade com esse pequeno grupo, e ansioso por conhecê-los melhor. Quando Michael lhe perguntou sobre sua vida artística na Grã-Bretanha, Jeff o brindou com histórias e descreveu suas diversas exposições e aventuras. Perguntou a Michael sobre seu trabalho, e escutou com grande interesse quando este lhe falou das coisas que desenhava e das coisas que gostaria de desenhar. À medida que a conversa prosperava, hora após hora, enquanto caminhavam pela ilha, Jeff começou a perceber o quanto tinha perdido pela falta de contato humano, pela falta de amigos.

Isso é divertido, ele pensou. *Ou, como o senhor Blond diria: muito bom, muito bom, muito bom.*

Locke foi o único membro do grupo que não se envolveu muito na conversa. Ele permaneceu a uma certa distância, andando na frente dos outros, procurando, na trilha, com muita atenção, indícios da existência de porcos-do-mato ou de algum outro animal. A cada hora, mais ou menos, fazia um sinal para que o grupo se detivesse e descansasse. Sob a sombra das árvores, os homens se sentavam sobre a relva e tomavam pequenos goles de água.

Ainda era bem antes do meio-dia, Hurley anunciou que era hora do almoço. Cada um dos homens pegou uma fruta do seu fardo. Michael tinha trazido dois peixes que haviam sobrado do jantar da noite anterior, embrulhados cuidadosamente num pedaço de pano. Charlie era vegetariano e não aceitou nenhum pedaço. Hurley fez uma careta de repulsa.

— Ótimo, Jeff — disse Michael, dando de ombros e sorrindo. — Mais peixe para nós. — Ele passou um pedaço de peixe para Jeff. — Locke! — ele gritou. — Você quer um pouco de peixe?

Locke estava uns cem metros à frente, parado sobre uma elevação, examinando a área diante deles. Com um gesto de mão, recusou a oferta, e depois voltou sua atenção para a paisagem. Ele estava muito longe de Jeff para que este pudesse perceber a expressão do seu rosto. *Por que tenho a sensação de que ele está preocupado com alguma coisa?*, pensou Jeff.

O peixe estava morno e não tinha sido muito bem grelhado, mas pareceu um banquete para Jeff. Imaginou que fosse, em parte, porque estava com muita fome. Mas também havia outro motivo: o peixe tinha ficado melhor pelo fato de estar fazendo uma refeição com amigos, algo que não fazia há muito tempo. Era uma sensação reconfortante.

Depois de comer, Jeff fechou os olhos. A falta de sono da noite anterior estava começando a cobrar seu preço, e ele achou que, se pudesse descansar por alguns momentos, recuperaria as forças para continuar a jornada.

Acordou sobressaltado com a voz de Locke.

— Há quanto tempo ele está dormindo? — perguntou Locke.

— Eu não estou dormindo — disse Jeff, na defensiva. Então, percebeu que os demais estavam rindo dele.

— Se você não dormiu, então deve achar que o ronco é um ótimo meio de comunicação — disse Charlie. — Você estava ressonando.

— É verdade — disse Hurley. — Se houvesse um porco-do-mato aqui perto, você provavelmente o espantaria. Ele iria achar que era um leão rugindo.

Mesmo Locke parecia ter achado a situação engraçada. Jeff sorriu, encabulado.

— Não dormi muito na noite passada.

— Não se preocupe — disse Michael. — Você só dormiu uns 45 minutos. Não podíamos mesmo ir a lugar algum até Locke voltar.

— É mesmo. Onde é que você estava? — Hurley perguntou a Locke.

Locke apontou para a frente, para o lugar em que Jeff o tinha visto parado anteriormente.

— Vi algumas pegadas de porcos-do-mato na direção daquela pequena baixada, pouco depois da elevação. Acho que são uns quatro ou cinco animais. Portanto, temos de ficar alerta.

Todos os homens concordaram com um discreto gesto de cabeça. Sabiam que os porcos-do-mato selvagens podiam ser perigosos.

— É quase meio-dia — disse Locke. — Se não pegarmos um animal nas próximas duas horas, vamos ter de acampar por aqui à noite. Não será mais possível voltarmos. Todos estão de acordo com isso?

— E se não estivermos? — perguntou Hurley, sorrindo.

— Você conhece o caminho de volta para o acampamento — respondeu Locke, apontando para trás.

Hurley, Charlie e Michael sorriram.

— Está certo — disse Michael. — Como se nós pudéssemos encontrar o caminho de volta sem você.

Locke se levantou, decidido. Tinha aquele sorriso amigável que Jeff achava muito perturbador.

— Então, acho melhor nos apressarmos — disse ele.

Os outros homens se levantaram com mais relutância.

— Em frente, marchem! — disse Charlie.

Eles não encontraram nenhum porco-do-mato nas duas horas seguintes, ou nas quatro seguintes. O sol estava começando a cair abaixo da copa das árvores, lançando a paisagem ao redor deles numa sombra suave. Sem lanternas ou tochas, não poderiam continuar depois do pôr-do-sol. Assim, o grupo de caçadores deixou de lado os porcos-do-mato e começou a procurar um lugar para acampar.

— Vamos ficar no alto daquela colina — disse Locke. A cerca de um quilômetro e meio havia uma colina rochosa, que parecia ter aproximadamente quinze metros de altura. Não possuía muita vegetação, de forma que se destacava em meio ao verde que a cercava. — Devem existir algumas saliências ali. Isso é bom se começar a chover.

De fato, chovia quase todos os dias; era um fato da vida aceito pelos moradores da ilha. Mas ainda que estivessem acostumados com isso, ninguém iria querer dormir na chuva se houvesse alguma outra alternativa.

O grupo começou a caminhar na direção da colina rochosa. No entanto, depois de dar alguns passos, quatro estalidos ensurdecedores soaram em rápida sucessão. Os cinco homens ficaram confusos e começaram a procurar a origem dos estampidos. Para Jeff, parecia que alguém tinha batido com cabos de vassoura nos microfones do maior aparelho de som do planeta.

— Vejam! — Charlie gritou, apontando para a mata logo à esquerda deles.

Enquanto observavam apavorados, quatro imensas árvores se estatelavam no chão em seqüência. O som voltou a ser ouvido. Depois mais uma vez. E de novo. A cada vez, algumas árvores caíam com um sonoro estrondo. Não fazia sentido, mas Jeff foi possuído pela terrível idéia de que alguma coisa estava andando pela mata, derrubando árvores a cada passada.

É absurdo, ele disse a si mesmo, *teria que ser gigantesco!*

Os homens ficaram paralisados por alguns segundos, em estado de choque e pavor.

— Vamos! Vamos! — Locke gritou finalmente.

Eles começaram a correr desesperadamente na direção da colina. Não tinham motivos para acreditar que estariam mais seguros ali, mas, naquele momento, era o único lugar que oferecia alguma promessa de esperança.

Jeff correu como um corredor profissional. Exatamente como tinha acontecido durante o acidente aéreo, sentiu-se como se estivesse desligado do seu corpo, como se o seu eu físico estivesse transportando um eu espiritual vigilante sobre seus ombros. O "outro" Jeff, sereno, percebeu, com admiração, que Hurley, quase da mesma largura que sua altura, era, na realidade, surpreendentemente ágil; ele estava conseguindo acompanhar o grupo com um esforço aparentemente pequeno.

Surpreendente, pensou Jeff. *O que um pouco de medo faz com as pessoas.*

Charlie e Michael tinham expressões de pânico total. Locke só parecia determinado. Olhava para trás de vez em quando, como se para se certificar de que nenhum homem havia ficado para trás. Jeff admirou-o muito mais do que antes por causa desse gesto. Parecia indicar um grande nível de responsabilidade e liderança por parte de Locke.

No entanto, enquanto a mente de Jeff se ocupava com reflexões e observações, seu corpo continuava bastante consciente do perigo que corriam. Naquele momento, o estrépito das árvores se misturava com outro tipo de rugido ensurdecedor. Parecia o ruído dos passos de alguma gigantesca e terrível criatura. Jeff se lembrou de visões associadas a pesadelos realçadas por imagens deixadas por incontáveis filmes de monstros. Seria o King Kong? Godzilla? Gorgo?

Locke foi o primeiro a chegar na colina e começou a escalar a parede rochosa. Michael chegou depois, seguido por Jeff e por Charlie. Depois de ficar alguns centímetros acima do chão, Jeff se forçou a olhar para trás. Na escuridão cada vez mais profunda, não viu monstro algum, mas conseguiu enxergar, em todos os lugares, a evidência da sua presença. Os arbustos estavam achatados; as árvores, caídas; e havia uma larga faixa através da relva criada por pés do tamanho de grandes jipes militares. O rugido assustador continuava, parecendo a cacofonia combinada de centenas de jardins zoológicos, todos gritando aos céus num único coro ensurdecedor.

— Continuem subindo! — gritou Locke.

Jeff mal conseguiu ouvi-lo diante do rugido da besta. Escalando vigorosamente a parede rochosa para chegar à colina, procurando vencer o pânico que ameaçava tomar conta dele, Locke olhava de relance para trás, assegurando-se de que todos estavam tentando fazer o mesmo. As solas dos sapatos de Locke estavam a apenas alguns centímetros do rosto de Jeff, e este pestanejou quando a poeira atingiu seus olhos. Pouco abaixo dos seus pés, Charlie e Michael escalavam lado a lado. Mais distante, Hurley tentava acompanhá-los na escalada; a tensão estampada em seu rosto, enquanto procurava freneticamente apoio para os pés.

Jeff voltou a olhar para a frente, fechando os olhos contra a nuvem de poeira levantada pelo esforço de Locke. Nesse instante, escutou um grito vindo de baixo. Virando-se rapidamente, viu que Hurley tinha perdido o equilíbrio. Tentando desesperadamente agarrar a parede rochosa com as mãos, Hurley fez uma expressão de angústia quando seu corpo rolou encosta abaixo.

O rugido da fera invisível estava mais alto do que nunca, e Hurley caiu diretamente em sua direção, gritando como um homem que tivesse caído de ponta-cabeça no inferno.

9.

JEFF E SAVANNAH ESTAVAM SOZINHOS NA SALA DE ESTAR DO PE-
queno chalé rústico de Jeff. Costumavam passar quase todos os sábados e domingos ali, desenhando, pintando e fazendo amor. Às vezes, passavam horas juntos em completo silêncio. Ele permanecia perto do cavalete que havia posto sob a grande clarabóia, e ela se esparramava sobre o sofá-cama, trabalhando intensamente no seu bloco de desenhos.

Quando quebravam o silêncio, arte era sempre o tema da conversa. Jeff ficou tão surpreso quanto impressionado ao descobrir que Savannah era não apenas apaixonada por técnica e história da arte, mas também possuía amplo conhecimento sobre os dois assuntos. Sem dúvida, ela se aprofundava muito mais nos assuntos do que qualquer um dos seus colegas de classe. Savannah também era articulada e curiosa, e se algumas vezes suas argumentações pareciam querer apenas aborrecer Jeff, essas argumentações o deleitavam exatamente por esse motivo. Ele havia se acostumado, à medida que ia ficando mais famoso, a uma certa dose de deferência, até mesmo de adulação. Mas desde o momento em que se conheceram, Savannah o havia tratado como um intelectual igual a ela, ainda que um intelectual que tivesse o que ensinar a ela.

Quase nunca trabalhavam no ateliê de Jeff na faculdade, embora fosse muito mais espaçoso e bem iluminado do que o espaço de teto baixo que estavam ocupando naquele momento. No entanto a faculdade não lhes proporcionava a privacidade desejada para essas sessões; não apenas a privacidade que permitia a eles fazer amor sempre que tivessem vontade, mas também a sensação de exclusividade de que precisavam. Divertiam-se por estarem um com o outro, e com ninguém mais.

Além disso, Jeff preferia sua casa a qualquer outro lugar. No ambiente animado de Londres, saía quase todas as noites, quase sempre com uma mulher diferente. Era uma presença familiar nos restaurantes, bares e boates da moda, e seu nome estava sempre na lista de convidados das melhores festas.

Mas, naquele momento, mesmo quando Savannah não estava com ele, Jeff preferia seu chalé. Adorava ficar sentado na poltrona estofada, perto da lareira, tomando uma xícara de chá ou uma taça de vinho. Nessas ocasiões, suas leituras favoritas eram as famosas histórias de fantasmas de Henry James, Sheridan Le Fanu e Edith Wharton. Entre as poucas lembranças agradáveis de sua infância na ilha de Arran, estavam aquelas ocasiões em que sua enrugada avó, que sempre parecera, no mínimo, vinte anos mais velha do que realmente era, assustava-o com histórias "verdadeiras" de fantasmas, que ela escutara quando criança. Todas essas histórias se desenrolavam nas costas tempestuosas da Escócia ou num castelo em ruínas que se destacava na paisagem. Essa deliciosa sensação de medo era algo que Jeff guardava como um tesouro, e, alegremente, lembrava-se tanto de gritar gargalhando, como de gritar de pavor com as histórias que a avó lhe contava.

Savannah também gostava dessas histórias. Jeff soube que tinha encontrado a mais rara das mulheres quando certa noite, já bem tarde, ela fechou um livro com certo estardalhaço e afirmou que "The Beckoning Fair One", de Oliver Onion, era a melhor história de fantasmas da língua inglesa; Jeff concordava em gênero e grau com essa declaração.

De fato, sob todos os aspectos em que Jeff conseguia pensar, Savannah parecia ser uma mulher quase perfeita.

Ao relembrar, Jeff não conseguia identificar com precisão o momento em que eles haviam se tornado um casal. Ele ficou encantado com Savannah antes que ela terminasse de dizer a segunda frase para ele. Parecia que ela só tinha aparecido em sua aula naquele dia para que se apaixonasse por ela.

Naquele dia, todos os sinais de alarme conhecidos soaram dentro da sua cabeça, e Jeff continuou escutando todos os dias depois disso. Ele gostava muito do papel de franco atirador. E, sem dúvida, esse papel era praticamente inesgotável em função da atraente combinação que envolvia sua profissão, sua personalidade, sua aparência e seu sucesso. Jeff tinha uma regra inflexível sobre relacionamentos permanentes: tinham de ser evitados a qualquer preço. A afeição era bela e o sexo era uma necessidade, mas o "amor verdadeiro" só causava problemas. Sem poder fazer nada, Jeff tinha observado o casamento infeliz e sem amor dos seus pais, que tinha privado a ambos de vida e esperança; tinha testemunhado diversas variações sobre o tema com amigos e conhecidos. Descobriu que a parte inicial de um relacionamento sempre era a parte vital: eletricidade, paixão, a curiosidade vibrante de um pelo outro. No entanto, assim que essas coisas caíam na rotina, a paixão morria, e a animosidade começava a crescer. A solução para Jeff parecia simples: nunca deixar o romance ir além do excitante estágio inicial. Deve-se cortá-lo em plena florescência, e depois seguir para a próxima floração, antes do início do inevitável definhamento.

Esses sinais de alarme também recomendaram cautela em outro *front*: Savannah era sua aluna. Com 22 anos, ela era legalmente maior de idade, mas Jeff sabia que existiam convenções e preconceitos nas faculdades, que iam além das bem definidas questões legais. Um professor que flertava com uma aluna podia ter sua reputação manchada e sua ética colocada em dúvida. Como artista residente, Jeff não era membro genuíno da faculdade. Isso podia lhe dar alguma margem de manobra em relação a esse tipo de comportamento, mas também tornaria mais fácil para a faculdade simplesmente lavar as mãos se desaprovasse a maneira como ele se conduzia.

Com o pincel tocando levemente na tela, Jeff fez uma pausa e procurou Savannah com o olhar através da sala. Ela estava com a testa franzida, concentrada. Vestia uma calça jeans e um suéter muito grande. Detestava usar sapatos, e seus pés estavam cobertos apenas por grossas meias de lã, com um tom verdadeiramente censurável de alfazema. Jeff pensou que ela era a mais bela visão que já tivera. Enquanto os sinais de alarme soavam incessantemente, Jeff dizia a si mesmo que não precisava se preocupar. O que quer que acontecesse por causa do seu romance com Savannah valeria a pena. E enquanto ignorava os sinais de alarme, também ignorava a voz interior, que insistia repetidamente: *Você está mergulhando muito fundo. Divirta-se, e depois escape dela. Não caia na armadilha. Você vai se lamentar depois.*

No entanto, apesar de uma parte de Jeff garantir que a relação não tinha futuro, e independentemente de quantas vezes tivesse dito a si mesmo que isso não era nada mais do que uma aventura muito agradável, ele não se iludia. Desde o início, reconhecera, embora com relutância, que Savannah significava mais para ele do que qualquer outra mulher que já conhecera. A delicadeza e a sinceridade de Savannah, sua integridade, sua curiosidade infinita sobre o mundo — todos esses fatores, em combinação com sua beleza etérea e sua paixão terrena e poderosa, haviam penetrado profundamente no coração de Jeff. Enquanto estava com ela, Jeff não queria nada além do que se deliciar para sempre com a presença de Savannah.

Quando estavam separados e ele conseguia pensar de forma mais imparcial, a voz discrepante em sua cabeça falava mais alto, fazendo Jeff temer a perda de sua liberdade. *Não*, dizia-se então, *eu jamais conseguiria suportar a escravidão de um compromisso que durasse toda uma vida.*

Jeff abandonou o pincel, caminhou pelo aposento e se sentou ao lado dela, no sofá-cama. Tentou dar uma olhada no que ela estava desenhando, mas Savannah colocou imediatamente o bloco contra o peito.

— Não! — disse ela. — Só estou rabiscando bobagens. Não é para consumo público.

— Ah, por favor... pediu Jeff, com uma voz meio zombeteira, meio lisonjeira. — Só uma olhadinha...

— Não! — Savannah falou com determinação, balançando a cabeça. — Volte já para seu trabalho comercial e me deixe ficar com o meu.

Jeff se estirou no sofá-cama e pousou a cabeça no colo dela. Depois de pôr o bloco com o desenho virado para baixo ao seu lado, Savannah começou a acariciar os cabelos dele.

— Por falar na sua arte imperfeita — disse ela —, o que você está fazendo?

— Ah, você não quer me mostrar o que está fazendo, mas quer que eu mostre o que eu estou fazendo?

— Bem, por mais que essa resposta me lembre uma provocação de hora do recreio no pátio de escola, sim, eu quero.

— Tudo bem — Jeff disse, ficando de pé. — Só para provar que eu sou a parte aberta nesta relação, e não a reticente, misteriosa e talvez até má, vou mostrar a você.

Savannah o seguiu até a tela. Depois de ver a pintura em desenvolvimento, ela sorriu.

— Puxa, sou eu! — disse ela, fingindo surpresa.

— Droga, é claro que é você — falou Jeff, colocando-se atrás dela e passando os braços em torno de sua cintura. — Desde que você se intrometeu na minha vida pacata, não consigo pintar qualquer outra pessoa ou qualquer outra coisa.

— Isso é muito bom — disse ela. — Sei tudo sobre vocês, artistas famosos, e suas modelos nuas e assanhadas.

— Você tem uma idéia errada a meu respeito. Vim para esta faculdade direto do mosteiro onde passei décadas vivendo em celibato e fazendo orações.

Savannah assentiu com acabeça.

— Então, você está dizendo que se eu ficasse nua neste instante, você não iria vir com nenhuma intenção sombria e sinistra pra cima de mim.

Jeff virou-a com os braços, até que ela ficasse de frente para ele e começou a beijar-lhe o pescoço.

— Não, não estou dizendo nada disso... — Ele puxou com força o suéter que ela estava vestindo. Ela não estava usando nada por baixo. — Na realidade, um plano sombrio e sinistro acabou de me ocorrer.

Eles se beijaram com paixão.

— Ah, professor! — ela sussurrou, enquanto desabotoava a camisa dele. — Estou começando a achar que não é arte o que você tem na cabeça.

Mais tarde, deitados no sofá-cama, cobriram-se com um cobertor velho e áspero. O bloco de desenho de Savannah estava no chão, depois de ter sido jogado ali sem cerimônia enquanto sua proprietária se dedicava a outras coisas. Por um momento, ficaram em silêncio, ofegantes, recuperando-se do que Jeff considerava ser a ferocidade quase sobre-humana da sua paixão. Ele jamais conhecera outra mulher como Savannah. Nem de longe.

— Você já leu *O morro dos ventos uivantes*? — ela perguntou, por fim.

— Mas que pergunta estranha — respondeu Jeff, sorrindo.

— Não é tão estranha assim — disse ela. — Li esse romance não faz muito tempo, e estava justamente pensando sobre ele. Todas as grandes paixões e amores que se estendem além da morte, esse tipo de coisa.

— Bom, eu li o livro há muito tempo — disse Jeff. — Tenho de confessar que conheço o filme muito melhor.

— Ah, sim... Merle Oberon, Laurence Olivier. Aquela música maravilhosa. Gloriosa. Sempre gostei desse filme. Desde a primeira vez que assisti na televisão quando era criança. Acho que por isso decidi ler o livro. Acontece que o livro é melhor do que o filme. Mesmo sem a música.

— Quase sempre são.
— Eu apenas estava pensando comigo mesma, só isso — disse Savannah, estendendo a mão e acariciando o rosto de Jeff.
— Pensando sobre o quê?
— Pensando se quando você morrer, seu amor vai se mostrar mais forte do que a morte, e você voltará para mim, chamando meu nome numa tempestade de neve.
— Eu não me atreveria — disse Jeff. — Imagine se eu te pegasse num momento de intimidade com seu novo namorado?
— Qual deles? — ela perguntou. — O namorado estepe, que vou usar para me recuperar emocionalmente do trauma? Ou o namorado inacreditavelmente rico, playboy e astro do cinema pornô, que será o pai dos meus filhos?
— Agora que você mencionou isso, não sei se me sentirei muito satisfeito em relação a qualquer um dos dois — disse Jeff, rindo.
Savannah virou o rosto para olhá-lo de frente, apoiando-se em sua mão esquerda.
— Estou falando sério.
— O quê? — Jeff perguntou, incrédulo. — Você está falando sério sobre esse negócio de me transformar num fantasma que fica dando sustos no escuro?
— Não — ela respondeu, com uma expressão grave. — Estou falando sério sobre o fato de querer um amor que continue a existir além da morte, além do tempo. Você acha que uma coisa assim existe de verdade?
Não. Com certeza, não, ele pensou.
— Sim, é claro que acredito — Jeff falou com suavidade. — É claro que acredito.
Savannah o beijou com delicadeza no rosto e encarou profundamente os olhos dele. Ele teve dificuldade para corresponder à intensidade de seu olhar.
— Espero que sim, Jeff — disse ela.
Jeff sentou-se, achando melhor mudar de assunto o mais rápido possível.
— Posso ver seus desenhos agora?

— Ah, então você acha que se me brindar com suas proezas sexuais, eu vou fazer tudo o que você me pedir? — disse Savannah, fingindo indignação.

— Acho sim — disse Jeff, acenando com a cabeça.

Ela então se esticou e pegou o bloco de desenho no chão.

— Está bem — ela suspirou. — Quando você tem razão, você tem razão. — Ela passou o bloco para ele.

Ele ficou admirado com o que viu. Savannah vinha dedicando boa parte do seu trabalho ao estudo da anatomia, por sentir que as figuras humanas que desenhava e pintava eram irreais. Ela não estava em busca de realismo, mas de verossimilhança, e por isso havia buscado a ajuda de Jeff para superar o problema.

Mas aqueles desenhos não eram de figuras humanas. Na realidade, Jeff nunca tinha visto nada parecido antes. As folhas do bloco estavam cobertas com desenhos estranhos. Eram imagens de serpentes e escaravelhos. Não, pensando bem, não eram exatamente imagens, mas sugestões desses animais. Os desenhos eram intricadamente detalhados, e Savannah devia ter levado muitas horas para executá-los. Jeff considerou-os estranhamente belos, mas algo perturbadores.

Jeff ficou olhando fixamente para as folhas durante tanto tempo, que Savannah começou a ficar preocupada.

— Você odiou os desenhos tanto assim?

— Não, não odiei. De forma alguma — ele respondeu, balançando a cabeça, como se estivesse saindo de um transe. São maravilhosos. Mas o que é isto?

— E eu que sei? — disse ela, dando de ombros.

— Nunca vi você fazendo uma coisa dessas. De onde vieram?

Savannah pegou o bloco das mãos dele e observou os desenhos atentamente, como se os visse pela primeira vez.

— Não tenho a menor idéia de onde vieram. Um dia de manhã, eu acordei e comecei a desenhar, e aí estão eles.

— São surpreendentes. Parecem... — Ele fez uma pausa, tentando converter suas idéias em palavras. — Parecem hieróglifos de uma civilização que nunca existiu.

— Não tenha tanta certeza — disse Savannah, sorrindo.

— Bem, se algum dia você aprender a lê-los, gostaria de saber o que significam.

Savannah soltou uma gargalhada, como se fosse a vilã de um antigo filme de terror.

— Talvez você aprenda a lê-los antes de mim — ela disse, fazendo uma imitação muito ruim de Bela Lugosi. — E o que descobrir será... assustador!

— Ah, pode acreditar, já estou assustado — disse Jeff, com sorriso largo.

Savannah saiu debaixo do cobertor e passou uma das pernas em torno da cintura de Jeff.

— E você tem motivo para estar.

— De novo? — disse Jeff, reagindo com exagero. — Você não sabe que estou envelhecendo rapidamente como acadêmico? Não sei se consigo fazer isso de novo tão depressa. Estou muito fragilizado.

Savannah começou a acariciá-lo com suavidade, olhando para a parte de baixo do corpo de Jeff.

— Sua voz diz não, não, não, mas seu corpo diz sim, sim, sim! — ela disse, fazendo uma imitação sofrível de Greta Garbo.

Jeff teve de concordar que havia muita verdade no que ela estava dizendo. Beijaram-se apaixonadamente.

— Savannah — ele sussurrou, com a voz rouca de desejo. — Você ainda vai acabar me matando.

Ela voltou a sorrir, aquela risada sonora, musical, de que ele gostava tanto.

— Absurdo, Heatchcliff — disse ela. — Eu vou salvar sua vida sem valor.

10.

HURLEY PARECIA ESTAR INCONSCIENTE AO FUNDO DO PAREDÃO. JEFF começou a descer a escarpa rochosa com a maior rapidez possível. Quando passou por Michael e por Charlie, os dois olharam para ele perplexos, antes de também começarem a descer. Quando já estava quase no topo, Locke percebeu a ausência dos companheiros e sem perder tempo também começou a descer. Para espanto de Jeff, Locke conseguiu chegar até Hurley antes dos três.

Bem, num mundo surrealista, coisas surrealistas acontecem, pensou Jeff.

Os quatro homens cercaram o corpo inerte de Hurley, sem saber o que fazer. A cacofonia produzida pela besta invisível era ensurdecedora, mas não parecia vir de alguma direção específica. Os homens sabiam que estavam a apenas alguns segundos de entrar em contato com a coisa, e, naquele momento, eram alvos sentados.

— Temos de sair daqui! — gritou Locke.

Jeff considerou aquilo a coisa mais estupidamente óbvia que já havia escutado. Numa situação diferente, teria respondido com uma observação maliciosa, mas o fato de estar a poucos instantes de uma morte horrível, acabou com qualquer ironia possível.

Jeff se ajoelhou ao lado de Hurley.

— Agüente firme! — ele gritou por causa do rugido. — Apenas agüente firme!

Hurley talvez tivesse tentado responder, mas tudo o que se ouviu foi um gargarejo sufocado. Seu rosto estava coberto de sangue. A cada respiração que dava, borbulhas avermelhadas salpicavam seus lábios.

O que vamos fazer?, Jeff pensou, tentando raciocinar rapidamente.

Para espanto de Jeff, ouviram um rugido enfurecido ainda mais alto, e Hurley de repente ficou quieto. Jeff se arrastou para mais perto dele.

— Você está bem? — ele sussurrou.

Locke pegou um dos braços de Hurley e começou a arrastá-lo.

— Não há tempo para conversas. Temos de sair daqui.

Charlie e Michael apareceram imediatamente, ajudando Hurley e Jeff a ficarem em pé. O rosto de Hurley estava muito arranhado, e a parte de trás da camisa estava em farrapos. No entanto, depois de uma rápida olhadela, Jeff concluiu que os ferimentos eram quase todos pequenos, embora fossem dolorosos.

— Estou bem. Vamos — disse Hurley, por fim, com uma voz gutural.

Os braços de Hurley foram jogados sobre os ombros de Locke e de Jeff, e Charlie e Michael ficaram próximos para dar mais apoio. Nesse arranjo desajeitado, eles correram o mais rápido possível de volta para a colina rochosa, a cerca de cem metros dali. Antes de vencerem metade da distância, ouviram o rugido amedrontador atrás deles.

— Ajude Hurley — Locke gritou para Michael, que correu para o lado de Hurley e o ajudou a continuar em pé. Enquanto corriam para as pedras, a mão de Locke se fechou em torno da coronha da pistola, mas não conseguiu puxá-la e disparar. Enquanto a fúria invisível se aproximava, ele se virou e seguiu os demais para o lugar que esperava ser seguro.

— Você consegue subir? — Charlie perguntou a Hurley, ao alcançarem a parede rochosa.

— Veja se consegue me impedir — Hurley brincou, sorrindo debilmente.

Mas antes de começarem a escalada, Jeff descobriu algo.

— Vejam aquilo — ele gritou. Na base das pedras, praticamente encoberta por um matagal espesso, havia uma fenda na rocha, com cerca de um metro de altura.

Imediatamente, os quatro homens abriram caminho pelo matagal e começaram a entrar rastejando pela fenda, esperando, ansiosamente, que a abertura fosse grande o suficiente para proporcionar a todos um abrigo seguro. Jeff ficou do lado de fora até a chegada de Locke.

— Vamos! — ele gritou, e depois mergulhou através da fenda. Em questão de segundos, Locke seguiu atrás de Jeff.

Lá dentro, estava escuro como breu. Com cuidado, Jeff ficou em pé. Depois esticou os braços bem acima da cabeça, mas ainda assim eles não alcançaram o teto.

— Que merda era aquilo lá fora? — Jeff resmungou, com um sussurro rouco.

Ninguém se manifestou.

— Muito bem — insistiu Jeff —, será que alguém pode me dizer o que era aquilo?

— Nunca conseguimos descobrir — disse Charlie, depois de outra longa pausa.

— Quer dizer que vocês já tinham visto aquela coisa antes? — perguntou Jeff. — Todos vocês?

— Bem, não tínhamos exatamente *visto*. Mas a resposta é sim — disse Michael.

— Vamos entrar o mais fundo possível. O que quer que seja essa coisa, acho que não vai conseguir passar através da fenda — a voz de Locke soou, na escuridão.

— Vocês já tinham encontrado isso antes? E o que é isso? — Jeff perguntou, parecendo à beira de um ataque de nervos.

— Boa pergunta — Locke respondeu serenamente. — Agora, todos agarrem o braço de um dos companheiros. Ninguém deve ficar para trás.

Formando uma corrente humana, eles avançaram cautelosamente pela escuridão. Jeff ficou surpreso em descobrir o quão profunda a galeria subterrânea parecia ser. Também percebeu que havia uma brisa vindo de algum lugar lá dentro.

— Estão sentindo? — perguntou ele.

— Sim — respondeu Michael. — Deve existir uma saída em algum outro lugar.

— Esperem! — disse Locke. Então, depois de um ruído de raspar e um cheiro leve de enxofre, a galeria se encheu de uma luz baça. Com cuidado, Locke segurou o palito de fósforo aceso na mão direita, e uma vela grossa e deformada, na esquerda. Depois de acender o pavio, ele ergueu a vela sobre a cabeça.

— Nada como estar preparado — disse Charlie, rindo.

— Caramba! Como é que você conseguiu uma vela? Não devia haver nenhuma no avião — disse Jeff, surpreso.

Locke sorriu, com os olhos cintilando à luz da vela.

— Esse é outro presente que os porcos-do-mato nos dão. Derreto a banha para fazer sebo. Se tivesse um pouco de lixívia, também poderia fazer sabão.

— Muito bom — falou Charlie. — Banho com banha de porco.

— Agora que podemos enxergar, vamos ver como está Hurley — disse Michael.

Hurley estava encostado na parede, mas tinha começado a escorregar e estava ficando sentado. Jeff se ajoelhou ao lado dele. Locke segurou a vela perto de seu rosto. Michael pegou o pedaço de pano no qual havia embrulhado o peixe e o umedeceu com a água de uma das garrafas de plástico. Cuidadosamente, limpou o sangue do rosto de Hurley, parando duas ou três vezes para lavar o pano.

— É melhor tirarmos a camiseta dele — disse Jeff.

— Oh, não! — disse Hurley.

— O quê? — perguntou Charlie.

— Cara, eu não gosto de ficar sem roupa em público.

— Não é a hora para recato — disse Jeff, sorrindo. — Precisamos ver se você está ferido.

— Não é recato, cara.

No entanto, Hurley permitiu que Jeff tirasse sua camiseta pela cabeça. Hurley fechou os olhos, vermelho de vergonha.

— Ei, nada de piadas sobre gordos, está bem?

Jeff fez uma cruz sobre o coração.

— Você tem minha palavra de honra. O que acontecer neste buraco fica neste buraco. — Então, Jeff umedeceu o pano e limpou as feridas do corpo de Hurley.

— Apenas machucados e arranhões superficiais — disse Jeff, depois de alguns instantes. — Você é um homem de sorte.

— Falando nisso... — Locke começou. Todo o grupo dirigiu o olhar para ele. — Vocês já perceberam que não escutamos nada desde que entramos aqui?

Os quatro homens começaram a prestar atenção. A uma curta distância, um pequeno círculo de luz marcava a abertura da galeria, mas eles não viram nenhuma garra selvagem entrando através dela.

Isso deve ser o que um rato sente quando sabe que um gato está se movendo furtivamente bem do lado de fora, pensou Jeff.

— Talvez a coisa tenha ido embora — disse Charlie.

— Talvez — reiterou Locke, sem parecer convencido. — Mas já que estamos sentindo essa brisa, acho melhor continuarmos nessa direção, ver onde essa coisa termina.

Jeff acenou com a cabeça.

— Estou de acordo. Este lugar é muito estreito. É mais fácil seguirmos em frente em vez de voltarmos. — Ele se ajoelhou ao lado de Hurley. — Você consegue andar mais um pouco?

— Com toda a certeza.

Locke apagou a vela e instruiu cada um a manter uma das mãos sobre o ombro do homem à frente e a outra na parede. Não seriam capazes de andar muito rápido dessa maneira, mas pelo menos estariam seguros juntos.

Durante a hora seguinte, o pequeno trem humano continuou sua jornada através da escuridão. A conversa se resumia ao mínimo, como se cada homem concentrasse seus sentidos para escutar, cheirar ou sentir alguma coisa incomum ou perigosa. Quando falavam, mantinham suas vozes o mais baixo possível, como se tivessem receio de ser escutados. Às vezes, um dos homens fazia um comentário sobre a brisa, que soprava através da galeria com intensidade cada vez maior.

— Ainda acho que vamos ver a luz da saída — sussurrou Jeff.
— Já é noite — disse Locke, duas cabeças à frente.
— Puxa! Tinha esquecido — comentou Jeff, quase rindo. Eles estavam no escuro há tanto tempo, que ele havia perdido a noção da hora.

Por mais meia hora, eles andaram em silêncio, até que Locke, encabeçando a fila, parou abruptamente.

— Escutem! — ele murmurou. Todos pararam, e se concentraram para escutar o que quer que tivesse chamado a atenção de Locke. Imediatamente, Jeff escutou o vento soprando através das copas das árvores. E também havia um outro som: chuva. A saída devia estar logo à frente.

Locke voltou a acender a vela.

— Fiquem aqui — ele disse, e avançou pela galeria, desaparecendo depois de uma curva. Os outros quatro ficaram onde estavam, esperando nervosos até ele voltar alguns minutos depois.

— Há uma saída bem à frente — disse Locke. — Vamos ficar aqui por enquanto. Está chovendo muito e não sei exatamente onde estamos.

Os demais murmuraram em concordância. Estavam exaustos demais para deixar a galeria naquele momento. Jeff se sentou, tirou a garrafa de água do fardo e tomou um gole generoso. Sua garganta estava quase seca por causa do esforço e do medo, e ele se deleitou com o líquido inebriantemente refrescante, mesmo morno como estava.

Locke manteve a vela acesa até cada um ter escolhido um lugar para dormir. A luz dourada bruxuleou, criando sombras na parede atrás dele. Jeff pensou que as espirais e os desenhos da própria rocha eram fascinantes; como se tivessem sido feitos intencionalmente...

Meu Deus!, pensou Jeff. *Meu Deus!*

Na parede havia um desenho que obviamente não fora intencionalmente colocado ali, mas que era muito familiar para Jeff. Metendo a mão no bolso, ele tirou o talismã de madeira que havia entalhado na noite anterior. Quase num estado de torpor, levantou-se e caminhou até a parede. Enquanto os outros o observavam confusos, Jeff segurou o talismã pelo lado do entalhe sobre a parede. Os desenhos eram idênticos.

Jeff deu um passo para trás. *Meu Deus!*, pensou ele de novo.

11.

NO SEU ESCRITÓRIO DA FACULDADE, DIANTE DA ESCRIVANINHA, JEFF dava notas para os exames escritos dos alunos. Era a parte mais deprimente do trabalho. Em seu curso, havia alguns jovens artistas talentosos. O ensino de novas técnicas a esses alunos dava-lhe grande satisfação. Observava-os aprender e adaptar essas técnicas a sua imaginação em franco desenvolvimento. Ao mesmo tempo, Jeff sempre ficava alarmado com a falta de articulação da maioria deles, e com a incapacidade de eles se expressarem por meio da palavra escrita. Para a parte de história da arte do seu curso, ele solicitara a elaboração de alguns trabalhos escritos, e afligia-o verdadeiramente ler a maioria dos textos.

Pelo amor de Deus!, ele pensou. *Eles não conseguem escrever corretamente "impressionismo". Eles nem mesmo parecem saber o que significa.*

É claro que o exame de Savannah era uma outra história. Ela era tão espirituosa, sucinta e culta na palavra escrita como na palavra falada, e realmente gostava de aprender ainda mais sobre a história da arte. Savannah tinha escolhido os pré-rafaelitas como tema. Jeff ficou imaginando se o seu interesse por esse grupo peculiar teria surgido pelo fato de ter dito que ela o fazia lembrar do admirável quadro *Lady of Shallot*, pintado por John Williams

Waterhouse. Mas Savannah provavelmente já devia saber tudo sobre os pré-rafaelitas, muito antes de ele ter dito isso a ela.

A qualidade evidente do exame de Savannah, e sua grande superioridade em relação aos exames dos demais alunos, causou uma pontada de preocupação em Jeff. Ela receberia nota "A", e os melhores entre os outros alunos receberiam, no máximo, nota "C". Sem dúvida, Savannah era merecedora daquela excelente nota, e Jeff sabia que fora dada sem qualquer tipo de favorecimento. Mas será que os outros pensariam do mesmo modo?

Está vendo?, ele pensou em voz alta. *Esse é exatamente o tipo de coisa que você precisa evitar.*

Jeff escutou uma leve batida na porta, e o senhor Blond entrou em seguida.

— Olá, olá, olá — disse ele, com uma amabilidade que Jeff considerou forçada.

— Senhor Blond — disse Jeff, também forçando um pouco sua amabilidade. Desde seu primeiro dia na faculdade, Jeff considerou que o senhor Blond era uma pessoa a ser evitada.

— Por acaso cheguei numa hora imprópria, senhor Hadley? — perguntou o senhor Blond. — Tenho algo interessante para discutir com o senhor.

— Por favor — Jeff respondeu, indicando uma cadeira.

O senhor Blond se sentou e observou atentamente a pilha de exames.

— Ah! — disse ele, sorrindo. Esses devem ser os trabalhos de conclusão do curso. Espero que seus alunos tenham coisas esclarecedoras a dizer.

— Sim — respondeu Jeff, com um sorriso amarelo. — São esclarecedores sim, mas não exatamente do jeito que os alunos pretendiam, em sua grande maioria.

O senhor Blond concordou com um gesto compreensivo de cabeça.

— Sim, receio que estamos nos encaminhando para uma era pós-literária. O poder da imagem está superando o poder da palavra, não é mesmo?

— Receio que o senhor esteja com a razão — concordou Jeff. E, receoso de que o senhor Blond continuasse falando, como era do seu costume, Jeff rapidamente acrescentou: — Mas o que o senhor precisa falar comigo?

O senhor Blond pareceu um pouco desapontando com o fato de que suas inúmeras idéias a respeito da era pós-literária tivessem que esperar por uma outra ocasião. No entanto, recuperou-se rapidamente.

— Em breve, vamos receber um convite do Museu de Arte Newton, de Sydney, na Austrália. O senhor já ouviu falar desse museu?

— Claro que sim. É um dos principais museus da Austrália.

— Eles entraram em contato conosco primeiro para saber a respeito da sua disponibilidade. Asseguramos que nós não seríamos de modo algum um empecilho. Não, não e não — disse o senhor Blond.

— Desculpe, mas o senhor parece ter esquecido o ponto mais importante. Minha disponibilidade com respeito a quê?

— Ah, sim, sim, sim — disse o senhor Blond. — Entendo o que o senhor quer dizer. Passei por cima do tema principal e fui direto às notas de rodapé, por assim dizer.

Uma vez que o senhor Blond certamente devia estar pensando que fizera uma observação espirituosa e erudita, Jeff sorriu compreensivamente.

— O Newton deseja realizar uma grande mostra retrospectiva da sua obra — disse o senhor Blond.

— Ótimo. É uma grande notícia. — Desta vez, Jeff sorriu com satisfação genuína.

— Mas a melhor parte vem agora — continuou o senhor Blond, sorrindo — Eles querem que o senhor esteja presente. Gostariam que proferisse uma série de palestras e aulas expositivas integradas à programação do museu. E pretendem oferecer-lhe um honorário considerável.

— Durante quanto tempo eu teria de ficar lá?

— No mínimo, seis meses — disse o senhor Blond.

— Mas se eu aceitar, não vou perder meu cargo aqui? — perguntou Jeff, franzindo levemente as sobrancelhas.

— Não, não, não — respondeu o senhor Blond. — Ficaremos felizes em lhe conceder essa licença, e ficaremos felizes em convidá-lo a reassumir o seu cargo tão logo termine a licença.

Jeff refletiu sobre a idéia. À primeira vista, o projeto não parecia valer a pena. Com certeza, o convite era lisonjeiro, mas dinheiro não era uma preocupação, e ele gostava da Faculdade Robert Burns.

— Não sei... — Jeff começou a falar.

— Naturalmente, não podemos insistir que o senhor aceite a proposta do Museu Newton — disse o senhor Blond, perdendo o sorriso inexpressivo. — Porém, considerando as atuais circunstâncias, recomendamos com insistência que...

— O que o senhor está querendo dizer? — Jeff perguntou, encarando-o. — Que circunstâncias?

— Não somos puritanos, senhor Hadley — disse o senhor Blond. — E, sem dúvida, um homem jovem e forte como o senhor pode ser perdoado por levar uma vida com um certo grau de animação.

— Onde o senhor está querendo chegar? — disse Jeff, começando a entender.

— Por exemplo, o seu relacionamento com a jovem senhorita McCartney...

— McCulloch — corrigiu Jeff.

— Sim, sim, sim, McCulloch — repetiu o senhor Blond. — Um relacionamento desse tipo, entre uma aluna e um professor, pode ser, digamos, mal interpretado pelos outros, que não são, talvez, homens do mundo, como o senhor e eu.

— Isso não é da sua conta, seu idiota pretensioso... — disse Jeff, levantando-se subitamente. O senhor Blond retraiu-se e afastou a cadeira o máximo que podia. — A senhorita McCulloch e eu somos dois adultos, e podemos levar nossa vida do jeito que bem entendermos. Quanto à questão da impropriedade acadêmica...

O senhor Blond agitou a mão, visivelmente receoso de que estivesse prestes a ser esmurrado no nariz.

— Essa impropriedade não foi alegada ou sugerida — disse o senhor Blond. — Mas as pessoas comentam. E acredito que o senhor sabe tão bem quanto eu que no meio acadêmico a impressão às vezes tem mais peso do que o fato real. — O senhor Blond se levantou da cadeira e retrocedeu, na direção da porta. — Tudo o que estou tentando fazer é que o senhor entenda que este pode ser o momento exato de aceitar um convite tão lisonjeiro como esse que o Museu Newton acabou de fazer. Quando o senhor voltar, a senhorita McCart... Hum, McCulloch estará formada, e, então, o relacionamento poderá ser um assunto do interesse exclusivo do casal. — Ele abriu a porta, mas antes de sair, virou-se. — Quanto a suas observações pessoais, vou atribuí-las ao calor do momento. — Então, ele saiu, fechando a porta atrás de si.

Jeff se sentou. Sentiu raiva, mas logo a identificou como uma reação natural contra o fato de ter sido repreendido por uma pessoa insignificante e irritante como o senhor Blond. À medida que começou a pensar de modo mais racional, percebeu que o convite do Museu Newton era na verdade um presente caído do céu. Ele ainda estava muito feliz ao lado de Savannah — no entanto, de acordo com seu cronograma, sem dúvida já era tempo de acabar com o relacionamento. E sair do país imediatamente depois disso só poderia ajudar. No começo, ela ficaria magoada, ele pensou, mas se ele não estivesse por perto, ela o esqueceria rapidamente.

Além disso, Jeff se lembrou de que nunca tivera um caso com uma mulher australiana. Começou a refletir sobre as possibilidades, mas, de repente, se deteve. Ele não queria ter um caso com uma mulher australiana. Ele não queria ter caso algum com nenhuma outra mulher, exceto Savannah.

Está vendo?, insistiu sua consciência. *Mais um prova de que é o momento de acabar com esse caso. Se você não fizer isso agora, vai acabar num cárcere romântico; uma sentença de prisão perpétua.*

Quando Jeff chegou em casa ao anoitecer, Savannah estava na cozinha preparando o jantar. No momento em que ele abriu a porta, ela correu na sua direção, lançando os braços em torno do seu pescoço e cobrindo seu rosto com muitos beijos.

— Você está atrasado — disse ela. — Mais dez minutos e o espaguete iria se transformar em uma gororoba.

— Espaguete? — Sim, senhor — disse Savannah. — Todos esses boatos dizendo que sou uma péssima cozinheira são apenas conversa-fiada de gente invejosa. Faço um molho de tomate de dar água na boca.

Jeff sentiu uma ponta de remorso que ele conhecia bem.

— Ah, sim — Savannah falou, correndo de volta para a cozinha —, chegou uma carta registrada pra você há mais ou menos uma hora.

A sensação estranha se intensificou. Foi exatamente como aquele anoitecer com Ivy, três anos atrás. Jeff tinha certeza de que ela aceitaria o rompimento sem problemas, mas as coisas acabaram se transformando num desastre. Nesse momento, prestes a proferir um discurso semelhante para Savannah, Jeff ficou subitamente petrificado.

Ele abriu a carta do Museu Newton e a leu. Basicamente, informava o que o senhor Blond já tinha dito a ele.

— O que é? — Savannah perguntou da cozinha.

Jeff andou até lá. Cortou uma pequena fatia de pão e a mergulhou no molho de tomate borbulhante. Esperou que esfriasse um pouco e então comeu.

— Está realmente delicioso.

— Eu sei — ela disse, abrindo um largo sorriso. — Meu molho de tomate já foi cantado em verso e prosa. Dizem até que eu devia ser canonizada.

— Bem, se eu tiver direito a um voto, será seu — disse Jeff. — Santa Savannah, Nossa Senhora do Molho de Tomate.

— Você não me falou nada sobre essa carta — disse Savannah, sorrindo, apontando com a colher do molho para a carta.

— Ah, na realidade, são ótimas notícias. Fui convidado a ir para a Austrália. Pelo Museu Newton.

— Caramba! — Savannah vibrou. — Assisti a um documentário sobre esse lugar no Discovery Channel. É maravilhoso! Parabéns! Mas por que eles querem você, entre tantas pessoas?

Jeff se sentou sobre uma das pesadas cadeiras da cozinha, perto da mesa, e se serviu de uma taça de vinho.

— Existem pessoas que me consideram um grande artista — disse ele.

— Sim, e existem pessoas que vão assistir aos musicais de Andrew Lloyd Weber — respondeu ela, com desdém. — Mas gosto não se discute. Quanto tempo você vai ficar lá?

Jeff hesitou. Agora era a hora.

— Seis meses. Talvez mais.

— Puxa! Mas é muito tempo — exclamou Savannah, sentando-se na cadeira próxima de Jeff. Então, ela sorriu. Como sempre, seu sorriso fez com que Jeff acreditasse que poderia ser o homem mais feliz do mundo se passasse o resto da vida sem olhar para outra coisa. — Posso terminar minha graduação quando voltarmos. Quem se importa se eu me formar este ano ou no ano que vem? Eu não!

Jeff ficou mudo por alguns instantes, sem saber o que dizer.

— Bem, você tem certeza de que vai querer...

— Se eu tenho certeza? — disse Savannah. — Deixar passar uma chance como essa? Nunca na vida, companheiro! Quando partimos?

Jeff tomou outro grande gole de vinho.

— Não sei a data precisa. Mas não será nas próximas semanas — disse ele.

Enquanto Savannah voltava alegremente para seu lendário molho de tomate para espaguete, Jeff se serviu de outra taça de vinho.

Não nas próximas semanas, pensou ele.

Isso lhe daria algumas semanas para pensar sobre o que iria dizer a ela.

12.

— O QUE É ISSO? — PERGUNTOU HURLEY.

Jeff voltou a olhar para Hurley, Charlie, Michael e Locke com uma expressão de desamparo estampada no rosto.

— Entalhei isto ontem à noite — disse ele, sabendo que iria parecer maluquice. — Sonhei com essa imagem, acordei e a entalhei. Por isso não preguei o olho. Trabalhei nesse entalhe durante toda a noite.

— Cara... Isso é fantástico — exclamou Hurley.

Jeff se sentou no chão. Sem dizer palavra, Charlie pediu para ver o talismã. Jeff passou-lhe a peça. Depois de examiná-la, passou-a para Michael. Depois, foi a vez de Hurley e de Locke darem uma boa olhada no objeto. Com uma expressão interrogativa, Locke devolveu o talismã para Jeff.

— Isso é parecido com as coisas que você me mostrou ontem — disse Hurley. — Mas talvez não.

Jeff ficou calado por um instante.

— Tudo bem. Só vou dizer isto porque não há um hospício na ilha para vocês me internarem. Vocês podem ou não acreditar em mim. Tudo o que mostrei a você, Hurley... Eu sonhei com tudo aquilo.

A expressão deles não mudou muito, mas Jeff imaginou que cada homem ali estivesse pensando que ele estava totalmente biruta.

— Os sonhos começaram pouco depois da nossa chegada na ilha — prosseguiu Jeff. — No começo, comecei a achar que minha arte tivesse ficado para trás, algo que nunca conseguiria retomar. Então, certo dia, acordei e comecei a desenhar. Na manhã seguinte, fiz uma escultura de barro e pedras. Depois, comecei a entalhar coisas. A cada dia, alguma coisa diferente. A cada dia, algo que não conseguia identificar. Só na noite passada é que percebi o que estava acontecendo. Tive um pesadelo terrível, e, nesse pesadelo, essas criaturas medonhas me ameaçaram.

— Que tipo de criaturas? — perguntou Michael.

— Não tenho muita certeza — disse Jeff, sacudindo a cabeça. — Não tenho certeza se consegui vê-las no sonho ou se simplesmente não consigo me lembrar delas agora. Não eram — ele apontou para o lado de fora da galeria — como essa. Provavelmente, eram humanas, por assim dizer. — Então, ele se lembrou de outro detalhe. Sua expressão se iluminou. — Sim, eram humanas, com certeza, porque uma das criaturas era uma mulher. E ela segurava essa coisa sobre a cabeça e falava comigo numa língua que eu não entendia. Acordei na hora e comecei a trabalhar.

Ele olhou para o grupo. Todos estavam escutando com muita atenção.

— O fato é que, assim que acordei, o sonho começou a se dissipar. Como acontece com todos os sonhos, vocês sabem. Mas a imagem da coisa ficou bem gravada na minha mente. Sabia que tinha de entalhá-la naquele momento. Foi então que, de repente, me ocorreu que estava tendo sonhos parecidos com aquele há várias semanas.

Todos permaneceram em silêncio.

Jeff sorriu timidamente.

— Muito bem, quem trouxe a camisa de força?

— Se você precisa de uma camisa de força, então todos nós precisamos — disse Locke.

Os outros concordaram com a cabeça.

— Todos nós temos visto coisas — continuou Locke. — Sentimos coisas que parecem não fazer sentido algum. O que dizer dessa coisa do lado de fora? Pergunte a qualquer um de nós se isso faz algum sentido.

— Há alguma coisa estranha com esta ilha. As regras comuns não se aplicam aqui — disse Michael.

— Então — disse Jeff, suspendendo o talismã —, vocês acham que isto significa alguma coisa?

O grupo permaneceu calado por um instante, então Hurley exclamou:

— Cara!

Jeff olhou para ele.

— Você se lembra de ontem? — perguntou Hurley. — Quando eu disse a você que tinha visto coisas como as suas na ilha?

— Sim, é claro — respondeu Jeff.

— Eu só lembrava que tinha visto, cara — continuou Hurley. — Mas agora me lembro do lugar onde vi essas coisas.

Todos os olhares se voltaram para Hurley.

— As cavernas, cara — disse ele. — Vi essas coisas nas cavernas.

Locke apagou a vela.

— Precisamos dormir — disse ele.

— Espere um minuto. Que cavernas? — perguntou Jeff.

— Vamos dormir. Falamos sobre isso amanhã — disse Locke.

Jeff se deitou no chão macio. Pôs o fardo sob sua cabeça, transformando-o num travesseiro tolerável. A chuva ainda caía forte lá fora, e a batida suave produzia um som relaxante. A cabeça de Jeff estava tomada por tantas idéias bizarras que ele tinha certeza de que não iria conseguir dormir. Mas logo escutou Hurley roncando ruidosamente. Pouco depois, foi a vez de Michael. Em segundos, Jeff também adormeceu.

No entanto, embora Jeff tenha conseguido adormecer, não conseguiu descansar, pois, assim que mergulhou profundamente na inconsciência, os vultos retornaram. Nessa noite, eram mais evidentemente humanos do que jamais tinham sido. Jeff achou que eles lembravam os druidas vestindo aquelas roupas com capuz ou aquelas cerimônias ancestrais consagradas à morte. Mas era mais uma sensação do que qualquer outra coisa; as imagens continuavam frustrantemente indistintas, como objetos vistos de relance com o canto dos olhos.

Mas naquela noite não estavam ameaçando Jeff diretamente, como ele havia sentido no pesadelo anterior. Desta vez, carregavam uma mulher sobre os ombros; a mesma mulher que havia segurado o talismã na noite anterior. Ela se contorcia, soltando gritos desesperados, apavorantes. Enquanto Jeff observava impotente, as criaturas puseram a mulher no chão e a cercaram. Para grande espanto de Jeff, puxaram facas compridas e afiadas, e, à medida que os gritos dela se intensificavam, ajoelharam-se perto dela, ergueram as facas bem alto e depois as abaixaram selvagemente, dando facada após facada. Em poucos instantes, o local ficou coberto de sangue, mas os gritos da mulher não cessaram.

Mas, naquele momento, o som que Jeff ouvia já não era mais dos gritos da desafortunada mulher, mas dos gritos de alguma outra pessoa. Os vultos voltaram a se pôr de pé, virando-se na direção de Jeff. Um deles segurava algo sobre a cabeça. Era uma criança recém-nascida, coberta com o sangue materno. Enquanto o vulto segurava o recém-nascido bem alto sobre a cabeça, os outros mergulhavam as mãos nas poças de sangue sobre o chão, e depois passavam a pintar as paredes da caverna.

O sangue era de um tom muito profundo de vermelho, que quase parecia preto, e a caverna onírica era escura e sombria. No entanto, Jeff não precisava de claridade para ver os desenhos que os vultos estavam pintando nas paredes. Ele tinha visto aqueles desenhos todos os dias desde sua chegada na ilha.

O próprio Jeff os tinha criado.

13.

NA VIDA DE JEFF HADLEY, HAVIA OCASIÕES EM QUE ELE FICAVA AS-sustado consigo mesmo, e aquela era uma dessas ocasiões.

Naquele dia, ele foi até o apartamento de Savannah depois do trabalho, pois iria levá-la para jantar fora. Algumas semanas antes, eles tinham trocado as chaves das respectivas casas. Jeff ficara aliviado com o fato de Savannah nunca ter demonstrado interesse em se mudar para sua casa, e ela parecia gostar dessa situação. Cada um deles mantinha uma escova de dentes e uma muda de roupa na casa do outro, e eles iam e vinham à vontade. A necessidade de uma certa dose de solidão por parte de Savannah se comparava à necessidade de Jeff; assim, raramente corriam o risco de irritar o outro. Em suma, aquele era o arranjo quase perfeito.

A data da partida de Jeff para a Austrália estava cada vez mais próxima. Já fazia tempo que ele conversara sobre essa questão com Savannah pela primeira vez. Tivera tempo de sobra para uma conversa madura com ela, para explicar que agora seria o momento exato para cada um tomar seu próprio rumo. Mas as semanas foram passando, e eles nunca tiveram essa conversa. Jeff decidiu que aquela seria a noite.

Mas quando ele entrou no apartamento de Savannah, pôde

ver do vestíbulo que a cama estava coberta com malas abertas, ao lado das quais havia grande quantidade de roupas.

— Se você quiser um beijo, terá de vir buscá-lo — Savannah falou animadamente, do quarto. — Estou superocupada fazendo as malas.

Jeff caminhou na direção do quarto, mas parou diante da porta. Fez um esforço para manter a voz tranqüila.

— Você está indo a algum lugar?

Savannah sorriu.

— Você nunca sabe do quanto vai precisar para viver seis meses no exterior até começar a tentar guardar essas coisas em pequenas caixas. Talvez pudéssemos viver numa colônia de nudismo na Austrália. Sem dúvida, a bagagem iria diminuir consideravelmente.

Jeff não sorriu, nem respondeu com alguma brincadeira, e Savannah percebeu imediatamente.

— Alguma coisa errada? — ela perguntou, assumindo uma expressão mais séria.

Jeff permaneceu em silêncio. Empurrou uma mala para um lado e se sentou na beirada da cama.

— Precisamos conversar — disse ele.

Savannah sabia que nenhuma conversa agradável jamais havia começado com essas palavras. Lentamente, ela se pôs de pé e se sentou ao lado dele, na cama.

— O que foi? — ela perguntou.

Jeff respirou fundo. Percebeu que não queria ter essa conversa, que não queria falar o que estava prestes a falar. O que ele queria dizer era que ele jamais havia amado uma mulher como ela, que tudo o que desejava na vida era passar todos os dias ao lado dela. Mas disse a si mesmo que isso era pura fraqueza. Ela era tão atraente, tão vital, que era natural que ele relutasse em se despedir. Esse era o aspecto adverso da sua filosofia de se separar enquanto as coisas estavam indo bem; o momento da despedida era sempre o momento mais difícil. Mas mesmo quando esse pensamento atravessou sua mente, ele sabia que não era verdade. Ele nunca se arrependera de cortar seus relacionamentos anteriores, pois nenhuma daquelas mulheres tinha significado muita coisa para ele. Mas Savannah era diferente. Ela significava tudo. Mesmo no momento em que se preparava para dizer as palavras que iriam partir o coração dela, uma voz interior gritou: *O que você está fazendo? Você está louco!*

— Antes de mais nada — disse Jeff, com a voz grave e baixa —, quero lhe pedir desculpas por não ter tido esta conversa antes. Sou um covarde. Admito.

Savannah ficou calada, apenas olhando para ele, com os olhos arregalados de medo e curiosidade.

— Você não vai para a Austrália — disse Jeff, abaixando os olhos para o chão.

Savannah engoliu em seco, os olhos faiscando.

— O quê?

— Você não foi convidada — disse Jeff. — Mas quando falei sobre a viagem pela primeira vez, você pareceu tão entusiasmada, que achei melhor deixar para conversar em outra oportunidade. Mas nunca fui capaz. Tive muito medo de magoar você. Mas acho que agora acabei magoando muito mais.

Savannah ficou de pé, dando uma risada sarcástica.

— Tudo bem, o lado positivo é que isso alivia toda a preocupação com a bagagem, não é mesmo?

Por alguns instantes, ela caminhou sem rumo pelo quarto, olhando para suas roupas e seus outros pertences empilhados em todos os cantos.

— Sinto muito, Savannah. Sinto muito mesmo.

Ela voltou a sentar ao lado dele, deu-lhe um beijo no rosto e depois forçou um sorriso.

— Não posso negar que isso foi um golpe muito duro. Mas vou sobreviver. E quando você voltar, já vou ter preparado um discurso realmente elaborado, que vai transformar sua vida num inferno por várias semanas.

Jeff continuou olhando para o chão. Um ar de preocupação obscureceu a expressão de Savannah, e ela inclinou a cabeça ligeiramente, procurando olhar Jeff nos olhos.

— O que foi? — ela perguntou. — Você vai voltar, não vai?

— Sim, acho que sim. Mas...

— Mas o quê?

Jeff levantou os olhos repentinamente.

Se tenho que fazer isso, é melhor fazer o quanto antes, ele pensou.

— Escuta, Savannah — disse ele. — Nós jamais tivemos qualquer ilusão a respeito de tudo isso.

— O que você está querendo dizer?

— Foi uma experiência maravilhosa, e você é uma pessoa incrível...

— Uma pessoa incrível? — ela repetiu, indignada. — Uma pessoa incrível? Então é isso o que eu sou, não? Uma fulana muito bacana?

— Nós dois sabíamos que isso não poderia durar para sempre — ponderou Jeff, e enquanto pronunciava as palavras, sabia que estava mentindo.

Savannah se levantou, furiosa.

— Nós não sabíamos coisa alguma! Eu amo você. Pensei que você também me amasse.

Jeff olhou para ela sem saber o que fazer. *Eu também amo você. Mais do que qualquer coisa ou qualquer pessoa no mundo.*

— É claro que eu gosto de você. Mas depois de uma longa separação... Quem sabe o que vamos querer quando nos reencontrarmos. É melhor acabar com isso agora.

A raiva desapareceu do rosto de Savannah. Parecia que ela tinha acabado de levar um tapa.

— Acabar? — ela sussurrou.

— É a melhor coisa — respondeu Jeff, levantando-se. — Nós dois sabemos disso.

— Por favor, pare de falar do que nós dois sabemos — ela disse, com as lágrimas começando a rolar pelo rosto. — Com certeza, você não entende nada do que eu sei.

— Minha querida... — disse Jeff, acariciando levemente o rosto de Savannah. Ela afastou com repulsa a mão dele.

— O que eu sei é que você é o amor da minha vida. E sei que

sou a única mulher do mundo para você. — Ela começou a chorar copiosamente. — E você também sabe disso.

— Assim que eu for embora, você vai se esquecer de mim — disse Jeff, dirigindo-se para a porta do apartamento. — Você vai encontrar alguém de quem vai gostar ainda mais.

Savannah cobriu o rosto com as mãos. Seu corpo tremia por causa dos soluços.

— Sinto muito Savannah.

Ele abriu a porta. Antes de sair, escutou Savannah falar em voz baixa, ofegante:

— Você não vai viver um único dia da sua vida sem pensar em mim.

Jeff sabia que era verdade. Mas, naquele momento, ele parecia impotente para mudar o curso dos acontecimentos. Sabia que seria difícil; tinha apenas que manter sua coragem.

Jeff saiu no corredor. Ao fechar a porta atrás de si, escutou os gemidos de aflição de Savannah, enquanto ela desmoronava entre as malas quase cheias de bagagem. Jeff sabia que sempre que pensasse nela, escutaria esse som terrível.

14.

JEFF ACORDOU SENDO SACUDIDO PELAS MÃOS DE ALGUÉM. COM os olhos semicerrados, ficou surpreso por ver a galeria inundada de luz.

— Acorde, cara — disse Hurley, dando outra chacoalhada nos ombros de Jeff. — Locke encontrou um porco-do-mato.

Quando Jeff se sentou direito, olhou para Hurley. O rosto dele estava horrível. Os diversos machucados tinham deixado um desenho com manchas pretas e púrpura repulsivas, e os cortes tinham se tornado um mapa rodoviário assustador de sangue escuro e ressecado. Hurley estava usando a camiseta com a parte de trás para a frente, de modo que a parte rasgada mostrava apenas suas costas, mas Jeff supôs que o peito e o estômago também estivessem em más condições.

Hurley percebeu a maneira como Jeff estava olhando para ele e sorriu.

— Ei, cara! Você devia ver a parte da frente — disse ele.

— Eu tentei — disse Jeff, sorrindo. — Tentei mesmo.

— Vamos! — Michael gritou, da entrada da galeria. — Precisamos ir!

— Peguem seus fardos — acrescentou Charlie. — Nós não vamos voltar por este caminho. — Então, ele saiu correndo atrás de Michael. Jeff pôs o fardo sobre o ombro, agarrou as duas lanças e saiu correndo atrás de Hurley.

Não vamos voltar?, Jeff pensou. *Preciso examinar as paredes. Tenho de voltar.*

— Aqui! — Locke gritou. Ele estava parado na parte baixa de uma pequena descida, que saía da entrada da galeria. Ele apontou para uma moita situada cinqüenta metros à esquerda.

— Prestem atenção — disse Locke, quando o grupo se aproximou dele. Todos ficaram imóveis, olhando fixamente para o denso matagal. Depois do que pareceu uma hora para Jeff — na realidade, passaram-se apenas três ou quatro minutos — o matagal começou a farfalhar, levemente, mas visivelmente.

— Nós o pegamos, mas temos de agir com rapidez — disse Locke.

— O que vamos fazer? — perguntou Charlie.

— Vamos cercá-lo — sugeriu Locke. — Vamos nos aproximar passo a passo, de modo a manter distâncias iguais um do outro e do matagal. Então, vamos tentar fazê-lo sair dali.

— E aqueles que o bicho não espetar vão pegá-lo com estas armas maravilhosas? — perguntou Jeff.

— É mais ou menos isso — disse Locke. — O bicho vai correr na direção de um de nós. Assim, o restante do grupo terá de pegá-lo o mais rápido possível. Talvez precisemos das dez lanças para matá-lo. Vi o animal apenas de relance. É um monstro.

Acho que já tive contato suficiente com monstros desde ontem, Jeff pensou. *Não quero mais.*

Ninguém pareceu pensar muito no plano de Locke, mas também ninguém pensou em algum plano melhor.

Michael soltou um suspiro.

— Tudo bem — concordou. — Para onde nós vamos?

Locke começou a andar calmamente na direção do matagal, gesticulando para que os demais o seguissem. Cada vez que a folhagem balançava, eles estremeciam, menos Locke. Jeff pensou em como tudo isso lhe parecera ousado e excitante no dia anterior. Mas, naquele momento, ante a perspectiva iminente de ficar cara a cara com um animal imenso e absolutamente selvagem, aquela aventura parecia muito mais suicida do que emocionante.

Ao chegarem perto do matagal, os homens emudeceram. Locke começou a posicionar o grupo. Passo a passo, contava mais ou menos vinte metros, e deixava um dos homens naquela posição. Depois que todos ficaram nos seus respectivos lugares, Locke caminhou em torno do matagal, dando instruções através de gestos. Atirar a primeira lança, ele mostrou, e depois atirar a segunda. Para Jeff, as instruções pareciam simples. Tão simples quanto o ataque iminente do suíno acuado.

Jeff, Michael, Charlie e Hurley estavam nervosos, cada um com uma lança erguida. Jeff se sentia tão ridículo quanto apavorado, e imaginava que o restante do grupo estava se sentindo da mesma maneira. No momento em que Locke percebeu que todos estavam em suas posições, segurou as duas lanças com a mão esquerda e pegou uma grande pedra com a mão direita. De repente, tão inesperadamente que surpreendeu o restante do grupo, Locke correu na direção do matagal, gritando como se fosse um espírito sobrenatural. Quando ficou apenas a poucos centímetros de distância, jogou a pedra dentro do matagal. Assim que fez isso, começou a correr. Passou por Hurley, com a intenção de alcançar o lado oposto do matagal, no lugar em que Jeff estava esperando.

Antes que conseguisse fazer isso, o porco-do-mato atravessou ruidosamente os galhos, rugindo alto, e irrompeu na direção exata de Jeff.

— Crave a lança! — Locke gritou.

Jeff pensou que aquelas eram as palavras mais malucas que já havia escutado na vida. Afinal, ele era um artista, um acadêmico, e um amante carinhoso; com certeza, *não* era o tipo de Neandertal que podia matar uma besta monstruosa com pouco mais do que as mãos vazias.

No entanto, mesmo antes que esse pensamento-relâmpago tivesse cruzado sua mente, Jeff já havia se firmado e atirado a lança sobre o porco-do-mato. Mas ele não conseguiu acertar o alvo.

O animal abaixou a cabeça exatamente no momento em que

alcançou Jeff, e então a ergueu com um impulso selvagem, lançando Jeff no ar. O corpo de Jeff atingiu o traseiro do animal antes de tombar no chão e rolar através da relva alta. Ele se levantou com esforço, tendo tempo de ter o pensamento reconfortante de que ainda podia ficar de pé. Tinha deixado cair sua segunda lança na queda, e quando a encontrou, percebeu que duas lanças já tinham atingido o alvo, uma na parte de trás do porco-do-mato, e a outra no flanco. A última interferiu no movimento da perna esquerda traseira e o animal cambaleou momentaneamente. Num abrir e fechar de olhos, no entanto, o porco-do-mato estava se movendo novamente, mas a demora fora suficiente para que Locke cravasse sua segunda lança e para que Michael espetasse a sua.

Naquele instante, o porco-do-mato estava começando a parecer um imenso porco-espinho ensangüentado. Cambaleou para a frente alguns metros a mais, depois caiu sobre os joelhos dianteiros. Locke viu a segunda lança de Jeff enfiada no chão e correu até ela, gritando para os demais:

— Acabem com ele!

Por mais dolorido que estivesse, e por mais que soubesse que a morte do animal era necessária, Jeff sentiu compaixão pelo porco-do-mato; realmente, sentia-se como um selvagem, e não gostava dessa sensação. Mas sabia o que tinha de ser feito. Jeff correu até o porco-do-mato e enfiou sua lança com toda a força no olho direito do animal. Ficou surpreso que a ponta da lança tivesse atingido seu alvo, e, imediatamente, empurrou a haste na cabeça do bicho o mais fundo possível.

O animal desabou no chão com um baque surdo. As patas se contorceram por alguns instantes, mas Jeff sabia que o porco-do-mato estava morto. Ele retrocedeu alguns passos, olhando fixamente para a coisa que havia acabado de matar, e sentou-se sobre a relva.

Bem, essa é uma coisa que nunca fiz. De fato, a vida é uma caixinha de surpresas.

Hurley e Charlie ainda seguravam as suas duas lanças. As duas de Michael tinham atingido o alvo, assim como as de Locke, que ainda segurava a segunda lança de Jeff. Todos os quatro fitaram Jeff com incredulidade.

— Meu amigo, isso é o que eu chamo de um golpe contundente — disse Locke, sorrindo com admiração. — Você nunca nos contou que era um caçador de primeira.

Jeff continuava a encarar o porco-do-mato com uma expressão estúpida. Dirigiu o olhar para Locke e abriu um sorriso largo.

— Eu jamais consegui sequer armar uma ratoeira — contou Jeff.

— Esse era o antigo Jeff — disse Charlie, dando um tapinha nas costas do mais novo caçador. — Agora, você é o Jeff da Ilha, o poderoso caçador de porcos-do-mato!

Os demais sorriram em sinal de concordância, aproximando-se de Jeff e dando-lhe um tapinha nas costas.

Locke desembainhou o facão e, sem cerimônia, cortou a garganta do porco.

— Temos de tirar o sangue — disse Locke. — Caso contrário, a carne vai apodrecer. — Ele caminhou até uma árvore grande, com um galho robusto, a cerca de dois metros do chão. — Precisamos pendurar a porca para acabar o trabalho. E isso é algo que não consigo fazer sozinho.

— Porca? — Jeff perguntou, com uma sensação de enjôo no estômago.

— Sim, é uma fêmea. Eu não podia ter certeza até vê-la de perto — disse Locke.

Em algum lugar há filhotes chamando aos gritos por sua mãe, pensou Jeff. Ele procurou tirar imediatamente esse pensamento da mente. *Mamãe ou não*, continuou pensando, *ela tentou me destripar alguns minutos atrás. E vai alimentar um bando de gente faminta.* Jeff não sabia se isso era uma racionalização adequada. Finalmente, decidiu que tanto fazia. Estava feito, e não havia volta. Não era o caso de piorar a situação, tentando gerar algum sentimento de culpa dentro de si.

Locke pegou uma corda e começou a enrolá-la em torno das patas traseiras da porca. Em seguida, fez um gesto para que os outros o ajudassem. A tarefa de arrastar o animal para a árvore exigiu todas as forças de todos os cinco homens. Uma vez feito isso, Charlie jogou a corda sobre o galho. Então, enquanto Charlie, Jeff e Michael puxavam a corda, Locke e Hurley içavam a porca. Assim que o focinho do animal ficou a alguns centímetros do chão, Locke sentenciou:

— Disso cuido eu.

Ele enrolou a corda em torno do caule da árvore diversas vezes e deu um nó bem apertado. Então, voltou a desembainhar o facão e fez um talho longo e profundo em todo o ventre do animal. Um jato denso de sangue saiu pelo corte e formou uma poça no chão.

— Precisamos deixar o animal aí por cerca de uma hora — disse Locke. — Há uma mina de água não muito longe daqui. Podemos encher nossas garrafas e nos lavar um pouco. Além disso, há uma árvore frutífera lá perto. A fruta se parece um pouco com manga, mas acho que jamais vi essa fruta na vida.

— Se você não sabe o que é, como sabe que não é venenosa? — Charlie indagou, franzindo as sobrancelhas de modo interrogativo.

— A vida é um risco, meu amigo — respondeu Locke, sorrindo.

Jeff ficou grato por poder se lavar, e também ficou grato pelo fato de a fruta ser deliciosa e ninguém ter ficado indisposto. Depois de terem tomado o "café-da-manhã", começaram a construir um trenó para transportar a porca-do-mato para o acampamento. Cortaram duas longas varas de bambu e utilizaram outro pedaço de corda para juntá-las a galhos mais curtos, dispostos horizontalmente. O trabalho se complicou por causa da má vontade de Locke em cortar a corda em pedaços menores. Não havia muita corda disponível na ilha, e havia muitas coisas a fazer. Michael achou algumas trepadeiras resistentes, o que ajudou a concluir o trabalho.

Depois de tudo pronto, arrastaram o trenó até a árvore, e o posicionaram sob o animal. Em seguida, Locke soltou o nó da corda, e os cinco ajudaram a abaixar a carcaça com cuidado.

— A praia fica naquela direção, talvez a cerca de um quilômetro e meio — disse Locke, apontando para o lado oeste. — Acho que seria mais fácil irmos até lá e depois arrastarmos o trenó pela praia. Vamos encontrar menos obstáculos pelo caminho.

Os outros quatro concordaram com um gesto de cabeça.

— Antes de irmos embora, agora que há luz, quero examinar as paredes daquele lugar mais uma vez — disse Jeff.

— Para quê? — perguntou Michael.

— Quero ver se encontro outros desenhos parecidos com o desenho que vimos ontem à noite. Preciso tentar entender o que está acontecendo.

— Tudo bem, mas faça isso o mais rápido possível — disse Locke. — Podemos chegar ao acampamento ainda durante o dia se formos logo embora daqui.

Jeff voltou correndo para a colina e entrou na galeria subterrânea. Segurava o talismã na mão, pronto para compará-lo com qualquer outra coisa que visse. Mas não viu absolutamente nada. Seu desapontamento se converteu em perplexidade quando percebeu que nem mesmo o desenho que tinha visto na noite anterior — aquele que todos tinham visto — não estava mais ali.

15.

SE A POMPA E CIRCUNSTÂNCIA COM QUE FORA RECEBIDO EM LOCH- heath haviam surpreendido Jeff, ele ficou absolutamente chocado com a quase adulação com que o receberam em Sydney. Durante os três anos de permanência na Faculdade Robert Burns, embora tivesse viajado algumas vezes para Londres ou Glasgow, Jeff se sentira praticamente isolado do mundo das artes plásticas. Sua obra continuou a ser exposta com regularidade em galerias e museus, mas, depois de um certo tempo, raramente comparecia aos *vernissages*. E sua renda, proveniente das vendas das obras, vinha crescendo constantemente, às vezes expressivamente, ao longo dos anos. No entanto, começou a olhar para tudo isso como se fosse uma coisa um pouco abstrata, e passou a desfrutar o ritmo mais lento do trabalho em sua velha residência escocesa. Tinha poucos contatos sociais fora do ambiente da faculdade, e era tudo de que precisava. Afinal, tinha Savannah ao seu lado.

Como tinha se afastado do turbilhão social, supôs que havia desaparecido da consciência do público. No entanto, Sydney revelou outra coisa. Um grande contingente de dignitários do museu e de admiradores o recepcionou no saguão do aeroporto. Sua primeira semana na cidade foi um turbilhão de entrevistas para as emissoras de rádio e TV e para os jornais e revistas. Foi festejado em jantares de gala, foi presenteado com camarotes nos teatros e na ópera e foi, em geral, tratado como uma estrela do rock.

Em Sydney, cada parada de ônibus foi adornada com um grande cartaz anunciando a exposição de Jeff no Museu Newton. A pintura reproduzida no cartaz era a paródia maliciosa que Jeff havia feito da tela *Lady of Shallot*. Isso significava que, sempre que Jeff caminhava pelas ruas, ele se defrontava com a face sorridente de Savannah, representada nos tons exuberantes e suntuosos dos artistas pré-rafaelitas, nos quais Jeff havia se inspirado para a execução da sua obra.

O que foi que eu fiz?, ele pensava sempre que via o cartaz.

A exposição de Jeff quebrou todos os recordes de público do museu. Ele já era um veterano do mundo das artes plásticas para saber que esse tipo de popularidade era sempre seguido por uma reação da crítica. Sabia que havia uma tendência — uma compulsão, na realidade — entre os críticos de construir uma reputação artística apenas para destruí-la em seguida. Assim, enquanto sua grandeza era aclamada repetidas vezes pela mídia, ele se preparava para o momento inevitável em que a crítica começaria a cortar suas asas.

No entanto, esse momento nunca chegou. Sob esse aspecto, sua permanência na Austrália foi quase mágica. Tudo foi perfeito, exceto pelo fato de que ele tinha jogado fora sua única chance de ser feliz.

A popularidade de Jeff atraíra as inevitáveis admiradoras. Não eram tão onipresentes como as que cercavam as estrelas do rock, mas normalmente demonstravam o mesmo entusiasmo quando vinham manifestar sua admiração. Muitas delas eram pseudo-artistas, e depois que as amenidades da relação sexual terminavam, tendiam a puxar conversa sobre suas florescentes carreiras, perguntando discretamente a Jeff sobre como ele poderia ajudá-las em suas próprias trajetórias rumo ao estrelato. Geralmente, Jeff era educado e evasivo, e sempre muito cuidadoso, de modo que ele ficava com o número de telefone delas, mas elas jamais ficavam com o seu.

Jeff buscava esses encontros fortuitos com um entusiasmo ainda maior do que no passado, fazendo todo o possível para tirar Savannah da cabeça. No entanto, sempre pensava nela depois de conhecer outras mulheres. Sempre se recordava de seu brilhantismo depois de escutar as palavras das outras mulheres. Sempre se lembrava da sua perspicácia e espirituosidade depois de conhecer as idéias das outras mulheres. Além disso, mesmo a mais bela delas empalidecia em comparação às lembranças maravilhosas do rosto perfeito de Savannah.

Depois que diversos e inomináveis relacionamentos passageiros não conseguiram fazer com que Jeff esquecesse Savannah, ele partiu em busca de um caso mais sério. Conheceu Brenda, atraente proprietária de uma galeria de arte, que era tão inteligente quanto bem-sucedida. Tinha um senso de humor rápido e era uma amante impetuosa e ávida. E Jeff, acreditando ter aprendido a partir dos próprios erros, deixou claro para Brenda que o relacionamento deles era temporário, que duraria enquanto ele permanecesse em Sydney, terminando no dia que ele partisse. Jeff ficou aliviado quando Brenda concordou de bom grado com o arranjo. Brenda assegurou a ele que o futuro reservava a ela outros artistas bonitões, que ela gostaria de conhecer. Assim como Jeff, Brenda também não tinha ansiedade alguma em se amarrar num relacionamento permanente. Ele ficou feliz por ouvir isso, mas, ao mesmo tempo, um pouco desapontado. Era a primeira vez que uma mulher lhe dizia, em essência, que ele seria rapidamente esquecido. Savannah não se sentia assim. Ela o amaria para sempre.

O grande sucesso de Jeff na Austrália resultou rapidamente em convites de galerias e museus de diversos outros países. Os convites pareceram uma dádiva de Deus para Jeff. À medida que sua permanência em Sydney se aproximava do fim, ele começou a temer o retorno à Escócia. Mesmo que Savannah não estivesse mais lá, as lembranças estariam. Jeff se perguntava se seria capaz de dormir na sua cama ou de tomar chá diante da lareira sem pensar nela.

Jeff então entrou em contato com a faculdade para dizer que não pretendia retornar à Escócia por, no mínimo, outro semestre. Falou com o senhor Blond, que pareceu desapontado — mas não muito desapontado. Garantiu a Jeff três vezes que ele seria bem-vindo quando decidisse voltar.

Depois de analisar cuidadosamente os convites, Jeff escolheu aquele que parecia ser o mais agradável: Los Angeles, na Califórnia. Não conhecia vivalma ali, e não sabia nada sobre a cidade, exceto o que tinha visto em filmes e na televisão. Essa brancura absoluta da tela pareceu-lhe muito atraente. Não havia nada a respeito de Savannah naquela grande megalópole. Nenhuma lembrança. Nada que pudesse fazê-lo lamentar, dia após dia, semana após semana, sua estupidez gigantesca em deixá-la partir.

Reservou um lugar no vôo 815 da Oceanic para Los Angeles. Nos últimos dias de sua permanência na Austrália, passou a evitar Brenda. Embora a idéia o confundisse e o perturbasse, aquele relacionamento superficial não era suficiente para ele. Savannah ocupava sua mente quase todo o tempo, participando inclusive dos seus sonhos. Em diversas ocasiões, quase sucumbiu e ligou para ela. Começou a fantasiar que a levaria para Los Angeles. O fato de não existirem lembranças suas na cidade despertou nele o desejo de criá-las. Jeff desejou ardentemente poder ver sua animação diante de um novo cenário, sabendo que todas as novas imagens e sons iriam encantá-la e estimulá-la.

Meu Deus!, ele pensou. *Cometi o maior erro da minha vida.*

16.

O RETORNO PARA O ACAMPAMENTO FOI MAIS DIFÍCIL DO QUE A JOR- nada do dia anterior. Afinal, eles estavam arrastando, de acordo com os cálculos de Locke, cerca de quatrocentos quilos de carne crua. Locke acertara ao dizer que a areia da praia iria facilitar o trabalho de arrastar o trenó, mas alcançar a praia significou quase três horas de trabalho árduo. Naquele momento, três homens de cada vez arrastavam o trenó, enquanto os outros dois descansavam, caminhando ao lado. Quando puxava, Jeff se sentia absurdamente parecido com a rena do Papai Noel, carregando a carne como presente.

No começo da tarde, Jeff, Locke e Michael estavam puxando o trenó.

— Me fale das cavernas — Jeff pediu a Locke.

— Não há nada a dizer — respondeu Locke.

Jeff não gostou da resposta. Locke percebeu a expressão de seu rosto.

— Não se preocupe. Poderemos lhe contar tudo sobre essas coisas mais tarde. Mas acho que devo lhe dizer que você ficaria melhor se *não* soubesse de nada.

— Onde quer que estejam, preciso conhecer essas cavernas — insistiu Jeff.

Locke balançou a cabeça.

— De jeito nenhum.

— De jeito nenhum? — repetiu Jeff, surpreso. — E por que diabos de jeito nenhum?

— Sei que parece esquisito, mas, nesse caso, concordo com Locke. Ele já entrou nas cavernas. Ele sabe como é perigoso — disse Michael.

— Mas a minha arte está lá dentro. É como disse o Hurley. Algo muito estranho está acontecendo, e preciso descobrir o que é.

— Acredite, podemos falar sobre coisas estranhas de hoje até o dia do Juízo Final, e não vamos conseguir abordar nem metade das coisas estranhas que acontecem nesta ilha. Essas cavernas são perigosas. Ninguém precisa ir até lá — disse Locke.

Jeff lançou um olhar significativo para Locke. Eles continuaram puxando a carcaça do pesado animal pela praia arenosa.

— Pois eu vou até lá. Não preciso da sua permissão.

Locke parou de andar e soltou a corda. Ele e Jeff se afastaram alguns passos do trenó, e Locke gesticulou para que Hurley e Charlie assumissem seus lugares como "renas". Quando o trenó começou a ser arrastado novamente, Locke disse:

— Você não precisa da minha permissão, mas vou impedi-lo se você insistir. E acredite, Jeff: Se eu não pegar você, as cavernas farão isso.

Jeff foi para mais perto da água. Tirou os sapatos e foi caminhando pela beira da água, aproveitando a sensação refrescante do mar em seus pés cansados.

Ainda puxando a corda, Michael se perguntou se Jeff estaria ficando louco. Ele sabia o mal que o estresse poderia fazer. Tinha passado por isso, e tinha visto o problema incomodar outras pessoas. Michael pensou que Jeff talvez já soubesse onde ficavam as cavernas. Talvez ele já estivesse indo até lá, pintando e desenhando nas paredes. Ele podia não estar louco. Talvez Jeff estivesse apenas sofrendo de algum tipo de delírio psicótico transitório.

Há alguns metros de distância, caminhando pela beira da água, Jeff pensava exatamente a mesma coisa.

• • •

A chegada do animal mudou o humor dos sobreviventes, transformando aquele dia num dia de festa. Sawyer e Jin fizeram uma espécie de grelha, onde colocaram o porco-do-mato para assar lentamente sobre o fogo. Os cinco caçadores foram saudados como heróis. Muitas pessoas ficaram preocupadas com os cortes e ferimentos de Hurley. Enquanto Jack limpava as escoriações de seu rosto com um pouco de álcool, Hurley inventou uma história de que tinha dado um passo em falso e rolado morro abaixo. Imaginou que poderia contar a história verdadeira mais tarde. Naquele momento, por que estragar a festa?

Frutas foram colhidas, batatas-doces foram postas para assar na brasa, e alguns dos sobreviventes mais laboriosos começaram a decorar a área do jantar com flores e folhagens de palmeira. Quando o sol começou a mergulhar no oceano, alguém entregou o violão para Charlie, e ele começou a cantar, a princípio, músicas estridentes do repertório do Driveshaft, e, depois, músicas mais suaves, mais agradáveis, mais apropriadas para aquele cenário idílico.

Jeff tomou banho e trocou de roupa, depois voltou para junto do grupo. Parecia um piquenique qualquer, em qualquer praia do mundo — exceto pelos destroços chamuscados da fuselagem do vôo 815 ao fundo. A ilha, como ele tinha visto por si mesmo, podia ser um cenário de tensão, de perigo, até de horror. Mas, naquele momento, o cenário era sereno e aprazível, repleto de pessoas felizes.

Jeff foi tirado do seu devaneio por uma voz desconhecida.

— Vocês fizeram um ótimo trabalho. Obrigada.

Ele então levantou os olhos e viu uma bela jovem parada diante dele. Já a tinha visto de longe algumas vezes, em geral na companhia do doutor Jack. Ela era delicada, mas tinha uma aura de força. Seu rosto mostrava um sorriso amplo, generoso, mas havia algo nos seus olhos; podia ser tristeza ou simplesmente pesar. À primeira vista, Jeff desejou ter os instrumentos para poder pintar seu retrato. No entanto, embora fosse muito bonita, ele ficou um pouco surpreso ao descobrir que não a desejava.

Ela é deslumbrante, pensou ele. *Mas não é Savannah.*

— Meu nome é Kate — ela se apresentou, estendendo a mão. Jeff começou a se levantar, mas, antes de fazer isso, ela se sentou na areia ao lado dele.

— Muito prazer — disse ele. — Sou Jeff Hadley.

— Sim, o Hurley me contou — ela disse. Olhando para o mar, ela sorriu e completou: — É estranho não nos termos conhecido antes. Afinal, a população desta ilha não é assim tão grande.

Jeff concordou com um gesto de cabeça. Era muito bom estar de novo na companhia de uma mulher atraente, e ele passou um momento simplesmente desfrutando da sua proximidade com ela.

— Talvez Hurley também tenha dito a você que estava decidido a ser uma pessoa mais reservada.

— Sei como é isso — disse Kate. — Sinto o mesmo grande parte do tempo. — Ela olhou para ele. — De onde é o seu sotaque? Não é australiano, é?

— Não, esses erres carregados são puro escocês — disse ele. — Exceto pelos dez anos que vivi em Londres, sou um cidadão da Escócia.

— Aqui não tem nada a ver com a Escócia, não é mesmo?

— Há mais semelhanças do que você imagina — disse ele. — Fui criado numa ilha. Com certeza, a ilha de Arran é mais desolada e rochosa do que esta ilha, mas ainda assim é...

— Uma ilha. Irônico, não?

— De fato, irônico. Nasci numa ilha e agora parece que vou morrer numa ilha — Jeff falou com um sorriso triste.

— Não fale desse jeito — censurou Kate, franzindo a testa.

— Não tenho para onde voltar mesmo que sejamos resgatados — disse ele. — Por isso não estou muito preocupado se vou voltar para casa ou não.

Kate contemplou Jeff com um olhar compreensivo, quase como se ela se sentisse da mesma maneira. Então, seu rosto se iluminou um pouco, como se estivesse se esforçando para ser mais positiva.

— Estou vendo que nós vamos ter de alegrá-lo um pouco.

— Você pode não acreditar — disse Jeff, sorrindo. — Mas não me sentia tão bem desde que chegamos aqui como estou me sentindo agora... É bom poder voltar a conversar com as pessoas.

— Kate! — chamou uma voz, mais ao longe, na praia.

— Parece que estão precisando das minhas extraordinárias habilidades organizacionais — ela disse. Kate se levantou e tirou a areia da calça jeans. — Foi bom conhecer você, Jeff — disse ela. — Quero ouvir mais histórias sobre essa outra ilha um outro dia.

— A qualquer hora — disse Jeff, pondo-se de pé ao lado dela. Voltaram a trocar um aperto de mãos, e Kate se encaminhou para a fogueira. Jeff ficou observando enquanto ela se afastava, reparando em cada detalhe de seu corpo atraente.

Meu Deus!, ele pensou. *Sinto tanta saudade de Savannah.*

A comida só ficou pronta por volta das nove horas da noite. Eles usaram folhas grandes e pesadas como pratos. As pessoas pareciam tão agradáveis, que Jeff ficou confuso quanto ao fato de tê-las evitado por tanto tempo. Ele se deitou sobre a areia, apreciando as imagens, os sons e os aromas da noite. Estava quase cochilando, quando escutou a voz de Michael.

— Trouxe um pouco de carne para você — ele disse, entregando uma folha cheia de carne assada.

Jeff se sentou e experimentou a comida.

— Obrigado — disse ele, e completou, brincando: — E cadê o molho?

— Infelizmente, não temos — disse Michael, rindo. — E também não temos torta de maçã de sobremesa. — Michael colocou a mão no ombro do rapaz que estava ao seu lado. — Jeff, gostaria que você conhecesse meu filho, Walt.

— Prazer em conhecê-lo, Walt — disse Jeff, apertando a mão do jovem. — Já tinha visto você com seu pai.

— Como assim? Eu nunca vi você antes — respondeu Walt.

Jeff deu um sorriso amarelo, e Michael cutucou o filho, falando num tom de advertência paternal:

— Walt....

— É isso aí, Walt — Jeff falou, enquanto Michael e Walt se sentavam na areia. — Acho que me isolei um pouco demais. — Ele apontou para a festa com um gesto de cabeça. Um homem e uma mulher dançavam ao som da música de Charlie; era bom de ver. — Agora, me pergunto por que fiz isso. Acho que o fato de ter vindo parar nesta ilha foi um choque muito grande para mim.

— Não me diga! — disse Walt, revirando os olhos.

Os três riram, e depois ficaram em silêncio por alguns instantes enquanto apreciavam a refeição.

— Meu pai disse que você também é artista, como ele — disse Walt.

— Isso mesmo. Sou pintor.

— Um pintor famoso — completou Michael. Jeff olhou para ele de maneira estranha, e Michael disse, meio encabulado: — Conversei com as pessoas. Locke sabe tudo a seu respeito. Ele foi ver sua exposição em Sydney. Disse que você é muito bom.

— Locke, caçador de porcos e crítico de arte! — Jeff falou, sorrindo. — Preciso agradecer a ele por suas palavras generosas.

— Você já criou alguma história em quadrinhos? — perguntou Walt.

— Infelizmente, não.

— Bem, espero que você faça isso algum dia — disse Walt, um pouco desapontado. — Histórias em quadrinhos são legais.

— Também acho — disse Jeff. — Na coleção que guardo lá em casa, tenho uma tira original de *O príncipe valente*, autografada por Hal Foster.

Walt e Michael olharam para Jeff com indiferença.

— *O príncipe valente* — repetiu Jeff. — Um clássico das histórias em quadrinhos. Uma das melhores.... — Ele parou de falar e riu. — Acho que da época em que vocês ainda não tinham nascido.

— E antes de você também ter nascido, aposto — disse Michael. — Você não é mais velho do que eu.

— Talvez não em anos — disse Jeff. — Mas muito mais velho em termos de mau comportamento.

— Meu pai disse que você tem algumas obras aqui. Você as trouxe com você, no avião?

— Não — respondeu Jeff. — Estou criando coisas desde que cheguei aqui. Mas receio que não são muito boas. E, com certeza, não são nada parecidas com o que eu costumava fazer.

— Posso ver?

— Eu também gostaria de ver — disse Michael.

— Agora está muito escuro no ateliê.

Michael enfiou a mão no bolso traseiro da calça e tirou uma lanterna.

— Abracadabra!

— Puxa! Onde vocês conseguiram...

— Encontramos uma porção em diversas malas — explicou Michael. — Procuramos não usá-las muito para conservar as baterias o máximo possível. Mas imagino que esta seja uma ocasião especial.

Jeff suspirou e ficou em pé. Os outros dois também se levantaram.

— Tudo bem — disse Jeff, com relutância. — Mas acho que vocês não vão gostar.

Eles o seguiram através da estreita passagem até o ateliê, e então Michael acendeu a lanterna. Todas as peças estavam sobre o chão, apoiadas na "parede" do ateliê. Lentamente, Michael girou a lanterna em torno do círculo de objetos.

Jeff percebeu que Walt estava carrancudo.

— Me desculpe, Walt. Eu disse que você não iria gostar.

— Não — disse Walt. — Eu gosto. São muito bacanas. Ele olhou para Jeff. — Se você começar a criar histórias em quadrinhos, você devia fazer histórias de terror.

Tinha sido um dia cansativo, e assim que Michael e Walt deixaram o ateliê, Jeff se deitou e adormeceu. Imediatamente, começaram os pesadelos apavorantes. Os vultos ainda seguravam o recém-nascido sobre suas cabeças, e o corpo mutilado da mulher ainda jazia sobre o chão, numa poça de sangue. Mais do que nunca, Jeff sentiu vontade de sair correndo aos gritos para longe daquela visão, mas como sempre, ficou empacado no lugar.

Enquanto ele olhava fixamente, estupefato de horror, a mulher se levantou. Ela pegou a criança dos vultos que a seguravam, e a embalou nos braços, como uma *pietá* banhada em sangue. Naquele momento, algo que Jeff sentira nos sonhos anteriores se tornou evidente, com pungente clareza: de fato, a mulher era Savannah. O recém-nascido não estava mais choramingando; parecia estar morto. Chorando silenciosamente, Savannah colocou a criança no chão, e olhando diretamente nos olhos de Jeff, estendeu os braços. Nos antebraços, Savannah tinha tatuagens semelhantes aos ideogramas que costumava desenhar. Em seu pesadelo, Jeff quase podia ler aquela escrita, como se a língua representada estivesse ficando evidente para ele.

No entanto, ele imediatamente desviou a atenção dos hieróglifos. Pouco abaixo dos antebraços, os punhos de Savannah estavam riscados por talhos dentados.

Algumas horas mais tarde, quando o sol nasceu, Jeff já estava acordado, soluçando.

17.

HURLEY EXAMINOU O CHÃO COM MUITA ATENÇÃO. A TENSÃO ERA opressiva. O momento era de vida ou morte. Um erro de cálculo e tudo estaria perdido.

— Você vai continuar ou não? — resmungou Sawyer, com impaciência.

Hurley segurou o taco de golfe com firmeza e fez algumas tentativas antes de dar uma tacada na bola.

— A paciência é uma virtude, cara — disse Hurley. Ele puxou o taco para trás, e então o abaixou fazendo um arco amplo e perfeito. A bolinha deslizou pelo longo declive, na direção de uma bandeirinha distante.

— Genial! — Hurley gritou, com voz triunfante.

— Genial uma ova! — respondeu Sawyer. — Veja e aprenda.

Quando Sawyer colocou a bolinha sobre o pequeno monte de areia, uma voz gritou:

— Tacada sensacional!

Hurley e Sawyer se viraram, e viram Jeff se aproximando.

— Oi, Jeff. Sawyer, esse é o Jeff. Jeff, Sawyer.

Jeff ofereceu a mão, mas Sawyer apenas o cumprimentou ligeiramente com um gesto de cabeça, e voltou a se virar para a bola.

— Jogando aqui.

Sawyer deu uma pancada com o taco, jogando a bola longe, à esquerda, fazendo-a pousar num arvoredo.

— Merda! — protestou Sawyer, jogando o taco no chão. — Perdi a concentração — ele resmungou, olhando para Jeff. Então, Sawyer pegou o taco e foi até o lugar em que a bola tinha caído. — É sua vez! — ele gritou para Hurley.

— Esse é o Sawyer — Hurley falou para Jeff, como que pedindo desculpas. — Ele não prima pela simpatia.

— Eu não devia ter interrompido — disse Jeff, sorrindo. — Mas preciso lhe perguntar uma coisa. Algo que eu não quero que ninguém mais saiba.

Hurley olhou para Jeff com cara de dúvida.

— Escuta....

— Não, isso não vai envolver você de jeito nenhum — prosseguiu Jeff.

Hurley começou a caminhar na direção da sua bola. Jeff o seguiu de perto.

— Você quer saber onde ficam as cavernas de que falamos, não é?

— Isso mesmo — disse Jeff, surpreso. — Como foi que você adivinhou?

— Eu só *pareço* idiota — respondeu Hurley.

— Você não parece idiota — contestou Jeff.

— E eu estava brincando. De qualquer maneira, Locke me cortaria em fatias, como fez com a porca, se eu fosse até lá.

— Não estou pedindo para você ir lá — disse Jeff. — Apenas me dê as coordenadas. Eu sei que você já esteve nas cavernas.

— O quê? Você está pretendendo ir até lá sozinho?

— Sim — respondeu Jeff. — Eu tenho de fazer isso.

— Será que faria alguma diferença se eu lhe dissesse que você seria um idiota se fizesse isso?

— Ei — Jeff respondeu, sorrindo. — Eu só pareço idiota.

Jeff havia imaginado que aquela jornada exigiria um mapa, e ele trouxera papel e caneta para ajudar Hurley a desenhá-lo. Mas as orientações que deveria seguir eram tão simples que isso não foi necessário. As cavernas ficavam a apenas um quilômetro e meio da praia, e Jeff calculou que poderia alcançá-las com uma hora de caminhada, mesmo que tivesse de abrir caminho através da vegetação espessa. Com sorte, poderia ir e voltar antes que qualquer pessoa — ou seja, Locke — tivesse notado sua ausência.

Jeff passou o resto da tarde assistindo ao jogo de golfe cada vez mais disputado entre Hurley e Sawyer. Depois da vitória de Hurley, Jeff achou que Sawyer iria arremessar seu taco no mar, como um personagem de desenho animado. Ele não sabia o que eles tinham apostado, mas a derrota pareceu particularmente irritante para Sawyer.

Na volta para o acampamento, Sawyer seguiu apressadamente na frente, enfurecido, enquanto Jeff e Hurley foram caminhando com mais tranqüilidade.

— Eu teria dado um bom jogador de golfe — disse Hurley. — As pessoas olham para mim e acham que vão me vencer com facilidade.

— Bom, eu já estou sabendo — disse Jeff, sorrindo. — Se alguma vez disputarmos um jogo, só vou apostar o que puder perder.

— E se eu vencer, você não vai para as cavernas?

— Boa tentativa, Hurley — respondeu Jeff. — Mas eu vou. Apenas me faça um favor: mantenha isso em segredo.

— Fique tranqüilo. Não vou contar a ninguém — Hurley falou. — Mas quero que você pense a respeito, cara.

Naquela noite, Jeff dormiu pouco e acordou antes do amanhecer. Acordou surpreso, pois não havia tido pesadelo algum. Ele tinha pesadelos todas as noites. Então, por que não havia tido naquela noite?

Junto com Hurley, Jeff havia traçado um caminho alternativo para chegar até as cavernas, contornado o acampamento. Tornaria a caminhada mais longa, mas diminuiria a chance de que alguém o visse andando pela mata sozinho. Contudo, mesmo com esse desvio, a caminhada prometia ser direta.

Ainda estava escuro quando ele saiu do ateliê e foi para a praia. Até onde pôde perceber, ninguém tinha se levantando ainda, mas ele olhou várias vezes para trás, apenas para se assegurar que estava deixando o acampamento sem que ninguém visse.

A uma distância de cerca de um quilômetro e meio da praia, encontrou uma pequena clareira, junto a uma queda-d'água com dois metros e meio de altura. Era a primeira indicação que Hurley havia lhe dado. Jeff então virou à direita e seguiu para o interior da mata. Naquele momento, o nascer do sol lançava seus raios dourados através das árvores, e Jeff não teve problema algum para ver por onde estava indo.

Jeff queria estar de volta antes que qualquer pessoa percebesse sua ausência e às vezes acelerava o passo. Mas quando fazia isso, não conseguia deixar de rir da ironia.

Até agora, praticamente ninguém havia notado minha presença na ilha, ele pensou. *E agora estou preocupado com o fato de estarem se perguntando "Por onde andará Jeff?". Antes, podia ficar sumido por uma semana e ninguém daria pela minha falta.*

Porém, ainda que duvidasse que isso fosse verdade, continuou a andar com o passo acelerado, ansioso para alcançar o lugar em que seu mistério seria solucionado.

Assim espero..., ele pensou.

O sol já estava alto no horizonte quando ele encontrou as cavernas. À distância, a algumas centenas de metros, parecia uma pedra gigantesca, destacando-se da folhagem viçosa que a cercava. Ele ficou incomodado ao se lembrar do penhasco onde haviam procurado refúgio dois dias atrás. Então, Jeff ficou atento a qualquer sinal de que a fera invisível estivesse atrás dele novamente.

Mas não ouviu nada. Isso o deixou impressionado: ele *realmente* não estava ouvindo nada. Jeff ficou em silêncio, concentrando-se para ouvir alguma coisa. Contudo não conseguiu ouvir nem mesmo os pios e os assobios da aves da mata, que, normalmente, proporcionavam a trilha sonora permanente da ilha. O silêncio lúgubre parecia aumentar à medida que Jeff se aproximava das cavernas.

Com o silêncio, veio um medo irracional. Quando Locke o

advertiu de que era contra sua ida até as cavernas, Jeff havia imaginado que o perigo era físico. Naquele momento, porém, Jeff não tinha certeza. Não acreditava no sobrenatural, mas aquele local sugeriu-lhe um lugar mal-assombrado. Ele teve a sensação de que a temperatura havia despencado quando entrou pela abertura.

Embora amedrontado, Jeff ficou absolutamente fascinado com o que viu. Era um agrupamento de cavernas, aninhadas por uma queda-d'água. A maioria delas possuía pequenas entradas. Em alguns casos, com menos de meio metro de altura. Mas a abertura da caverna bem ao lado da queda-d'água era alta o suficiente para um homem em pé entrar. Parecia tão escura e agourenta, que Jeff pensou que não teria coragem para explorá-la. Mas depois de um momento de hesitação, respirou fundo e começou a andar. Ele tinha que entrar. Ele não tinha opção.

Jeff pegou a lanterna e dirigiu o facho de luz para o interior totalmente escuro da caverna. Mais tarde, teria de agradecer a Michael por ter lhe contado a respeito do esconderijo das lanternas — essa tarefa teria sido muito mais difícil sem uma lanterna.

Andando cautelosamente, ele atravessou a entrada da caverna e foi tomado pelo espanto.

Naturalmente, o interior estava escuro. Também havia uma parede coberta por uma vegetação espessa, que tinha brotado através das fendas nas paredes da caverna.

No entanto, não viu nenhum desenho como os que Hurley dissera ter visto.

Foi quando ouviu um barulho vindo do outro lado da parede da caverna. Jeff teve a impressão de que era uma rajada de vento misturada com um gemido de agonia. Era, ele percebeu com um calafrio de horror, um som que tinha ouvido em seus sonhos.

Tremendo de medo, ele foi até a parede. As trepadeiras e as folhas a obscureciam. Depois de ouvir o barulho pela segunda vez, Jeff começou a arrancar a vegetação. Na parede, estava entalhado o talismã.

O gemido voltou a soar, mais alto. Era um som horrível, e Jeff pensou em dar meia-volta e fugir. Mas ele sabia que havia uma resposta naquele lugar. Sabia que tinha de descobrir o que estava acontecendo.

Depois de arrancar mais plantas, Jeff percebeu uma outra abertura. Afastou uma maior quantidade de trepadeiras e encontrou uma outra caverna. A cada segundo, o gemido voltava a soar, cada vez mais alto, como se ele estivesse chegando mais perto.

Jeff se perguntou se estaria sonhando novamente. Talvez esse fosse o motivo por que ele não sonhara na noite anterior, talvez o pesadelo ainda estivesse se desenrolando. De alguma maneira estranha, essa possibilidade lhe deu uma coragem adicional. Ele nunca tinha sofrido mal algum em seus pesadelos. Sempre acordava. Assim, sem dúvida, agora ele estava seguro.

A menos que aquilo não fosse um sonho.

Dando um último e violento puxão, Jeff arrancou vegetação suficiente para passar. Havia imaginado que o lugar deveria ser escuro, mas, para sua surpresa, era mais iluminado do que a caverna que acabara de deixar. A luz era filtrada através de fendas na parede sul da caverna. O tamanho parecia completamente desproporcional em relação à outra caverna, quase como se tivesse dimensões inteiramente diferentes tanto no interior, quanto no exterior.

Com um pavor de dar arrepios, Jeff confirmou o que tinha receado por tanto tempo: essa galeria sinistra era exatamente o mesmo lugar que ele tinha visitado nos seus terríveis sonhos. Mas era real. Naquele momento, teve certeza de que não estava sonhando; no entanto, estava enredado num pesadelo.

Na parede logo à frente, havia um mural de imagens elaboradas e perturbadoras. Jeff identificou diversos desenhos do seu próprio trabalho na ilha, e muitos outros que tinha visto inicialmente no bloco de desenho de Savannah. Porém, havia uma diferença; essa arte terrível havia sido pintada com o que parecia ser sangue.

Enquanto olhava fixamente para os desenhos, paralisado de medo, Jeff escutou um sussurro vindo de uma parte mais profunda da galeria. Mais uma vez o gemido soou. Contudo, dessa vez, havia alguma coisa a mais. Com clareza assustadora, ele ouviu a voz chorosa de uma mulher, murmurando:

— *Jeff...*

18.

JEFF PEGOU UM TÁXI PARA O AEROPORTO DE SYDNEY E FOI PUXANdo sua grande e única mala pelo terminal de passageiros. Sempre tivera a tendência de ser um tanto ansioso em relação aos horários dos vôos, por isso, ao chegar no terminal da Oceanic, verificou o monitor de partidas para se certificar de que estava no horário. Soltou um suspiro de alívio ao perceber que tinha sido tão eficiente nos preparativos para a viagem que havia chegado mais de duas horas antes do embarque.

Conferiu sua bagagem de mão, agüentou a longa fila de inspeção da segurança, que serpenteava pelo saguão, e depois localizou seu portão de embarque no terminal internacional. Encaminhou-se até uma banca de livros e revistas, escolheu um romance de mistério, comprou-o, junto com um pacote de gomas de mascar. As gomas de mascar o incomodavam em quaisquer outras circunstâncias, mas, durante a decolagem e a aterrissagem, faziam-no acreditar que o ato de mascar aquela coisa asquerosa ajudava a aliviar a pressão nos ouvidos. Também disseram a ele que bocejar com vontade daria o mesmo resultado, mas sempre se sentiu um pouco ridículo tentando induzir um bocejo.

Jeff se sentou numa cadeira perto do portão, cruzou as pernas e abriu o livro. Gostava daquele autor, e para Jeff, os bons romances de mistério eram perfeitos para uma viagem: suficientemente bem escritos para satisfazer seu desejo por boa literatura, ritmo veloz, e cativantes o bastante para manter a mente ocupada durante a vôo.

No entanto, embora o livro prometesse ser absorvente, Jeff continuou preso no parágrafo inicial. Não que aquele autor, normalmente talentoso, tivesse perdido o dom, mas o fato é que Savannah se intrometia em cada sentença.

Jeff tinha repassado seu último e desastroso encontro repetidas vezes em sua cabeça, sempre tentando se convencer de que tinha feito a coisa certa. Mas, à medida que os dias passavam, ficava cada vez mais convencido de que ele era um perfeito idiota. Tinha perdido o primeiro amor de verdade da sua vida. *Perdido?*, ele pensou, com raiva. *Eu não a perdi; eu a joguei fora!* E tudo por causa de uma regra ridícula que ele se impôs. Na realidade, Jeff tinha medo. Agora não poderia voltar no tempo, tentando refazer as coisas de outro modo. Mas também não conseguia encarar a possibilidade de viver sem ela. O que Jeff sabia com certeza era que precisava de Savannah desesperadamente. Era provável que se sentisse muito infeliz até o assunto ter sido resolvido.

Porém, cada vez que tirava o celular do bolso, não conseguia teclar.

O que é isso?, ele se perguntava. *É o meu orgulho estúpido que me impede de ligar para ela e admitir que eu estava errado?*

Caminhou de um lado para outro pelo terminal, passando os olhos apaticamente pelas diversas lojas e butiques. Não estava com fome, mas comprou um sonho recheado com framboesa e um café num quiosque, apenas para ter com o que se ocupar por alguns minutos. Voltou a abrir o livro várias vezes e começou a lê-lo. Mas nas poucas vezes em que conseguira chegar na segunda página, teve de parar depois de perceber que não tinha guardado uma única palavra.

Finalmente, Jeff escutou aliviado o anúncio de chamada para o embarque do vôo 815. Pegou um lugar perto do início da fila, com o cartão de embarque na mão. O encarregado do portão passou o cartão pelo leitor óptico e o devolveu para Jeff. Posteriormente, quando já estava na ilha, Jeff, às vezes, tentava se lembrar se havia notado algum dos sobreviventes no momento do embarque. Mas não conseguia. Naquele dia, estava tão mergulhado no seu próprio drama que não havia prestado atenção em qualquer outra coisa.

Seu lugar ficava no lado esquerdo do avião. Entre três assentos, Jeff constatou, com um silencioso suspiro de desapontamento, que o seu era o do meio. Naquele momento, não estava se sentindo muito social, e o fato de se sentar na poltrona do meio apenas duplicava as chances de alguém tentar envolvê-lo numa conversa durante o vôo de longuíssima duração.

No assento do corredor, sentou-se um homem imenso, com cerca de quarenta anos, vestido como um turista típico e suando em profusão. No assento da janela, ficou uma mulher de baixa estatura, que parecia ter quase trinta anos. Tinha um rosto bem redondo, que era mais agradável do que atraente; ela tinha um olhar inexpressivo. No alto da cabeça, tinha uma profusão de cachos castanhos, e usava um vestido de verão de alcinhas.

Quando Jeff ocupou seu assento, o homem abriu um sorriso largo.

— Esprema-se, companheiro. Vamos ficar muito perto durante as próximas horas — disse ele.

Jeff sorriu educadamente para o homem, e depois para a mulher à sua esquerda. Ela pareceu surpresa com o cumprimento dele; sorriu timidamente, mas logo se virou, passando a olhar atentamente através da janela.

Jeff estava folheando a revista de bordo, perguntando-se se as palavras cruzadas ocupariam sua mente melhor do que o romance de mistério, quando seu celular tocou.

Surpreso, pegou o aparelho e consultou o identificador de chamada. Não reconheceu o número. Com certo otimismo, pensou que talvez pudesse ser Savannah, chamando de outro número.

Claro que é Savannah, ele pensou. *Finalmente. Agora vou poder dizer tudo. Fui muito covarde por não dizer antes. Posso pedir a ela que me perdoe, prometer-lhe um reinício. Posso dizer a ela o quanto sinto sua falta e quanta saudade tenho dela.*

— Savannah? — ele disse, um pouco esbaforido.

Houve um longo silêncio.

— Senhor Hadley? — perguntou uma voz masculina. — Jeffrey Hadley?

As esperanças de Jeff, embora ilógicas, desfizeram-se imediatamente. Devia ser um operador de telemarketing.

Droga!, Jeff pensou com amargura.

— Sim, sou Jeff Hadley — ele respondeu, com um suspiro de desapontamento.

— Senhor Hadley, sou o doutor Karlin — disse a voz. — Estou ligando do Centro Médico Wallace, de Lochheath, na Escócia.

Jeff sentiu um arrepio percorrer sua espinha. Permaneceu em silêncio.

— Senhor Hadley? — perguntou o doutor Karlin. — O senhor está me ouvindo?

— Sim, estou — Jeff respondeu com voz baixa, fechando os olhos.

— O senhor conhece uma jovem chamada Savannah McCulloch?

Jeff começou a tremer.

— O quê? — Jeff perguntou, mais para ganhar alguns preciosos minutos do que para um esclarecimento.

— Savannah McCulloch — repetiu o médico. — O seu nome e o seu telefone estavam na bolsa dela. Não há nenhuma outra informação para contato. O senhor tem algum parentesco com ela?

— Parentesco? — Jeff falou, com a cabeça começando a martelar de pavor. — Sim, eu sou... — *Sou o quê?* — Não, nenhum parentesco. Apenas um amigo. Está tudo bem com ela? Ela está muito machucada?

Naquele momento, foi o médico quem permaneceu em silêncio por alguns instantes.

— Lamento muito ter de dizer isso para o senhor, mas a senhorita Savannah McCulloch morreu.

Não! Um grito agudo e angustiante atravessou a mente de Jeff. *Não!*

Ou talvez tivesse de fato gritado. Ele não tinha certeza, mas sua reação foi tão forte que os dois passageiros que estavam ao seu lado se sobressaltaram. Ambos se viraram para olhá-lo espantados. Antes que Jeff pudesse dizer alguma coisa, o celular ficou mudo. Ele ficou segurando o aparelho na mão por um instante, olhando para ele como se estivesse mal-assombrado. Então, rapidamente teclou para o número exibido no visor do celular. A chamada não completou.

Em pânico, ameaçou se levantar do assento. Ele tinha de sair do avião imediatamente. Mas no momento em que desafivelou o cinto de segurança, uma comissária de bordo curvou-se sobre ele.

— Senhor — ela disse, com um sorriso afetado no rosto —, o avião já está taxiando. Estamos prestes a decolar. O senhor deve permanecer no seu assento. E, por favor, desligue o celular.

— É uma emergência... — disse Jeff. — Tenho de sair do avião!

A comissária sorriu o sorriso paciente de alguém que já havia enfrentado centenas de "emergências" em cada vôo.

— Receio que não seja mais possível, senhor. Sinto muito. Mas o senhor realmente vai ter que desligar seu celular.

— Mas...

— Agora, senhor — ordenou a comissária, com o sorriso ficando mais largo, mas menos amigável. — Regras são regras, não é mesmo? Seja um bom passageiro, está certo?

Por um breve instante, Jeff pensou em assumir uma posição ameaçadora. Dessa maneira, seria expulso daquele avião e poderia encontrar um jeito de pegar um vôo para Lochheath. E quando chegasse lá, descobriria que o suposto médico estava errado. Ele tinha de estar errado. Savannah estava muito bem. Ela não estava morta. Estava bem.

Mas ele sabia que a viagem seria inútil. Assim que chegasse a Los Angeles, poderia ligar para o hospital para saber mais detalhes. Mas por que ele deveria fazer isso? Nenhum detalhe mudaria a terrível e gélida verdade. Ela tinha partido. Partido para sempre. E Jeff sabia que, ainda que estivesse a meio mundo de distância, a culpa era inteiramente sua.

Jeff voltou a suspirar, desligou o celular e o guardou no bolso da camisa.

— Muito obrigada — disse a comissária, dando-lhe um tapinha no ombro. — Ah, e não se esqueça de reafivelar o cinto de segurança. — Então, ela se afastou para lidar com outros passageiros potencialmente problemáticos.

Jeff fechou a fivela de metal do cinto de segurança e puxou o cinto, ajustando-o em torno da barriga. Recostou-se na poltrona e fechou os olhos. E, para grande inquietação de ambos os passageiros ao seu lado, começou a chorar.

19.

ELE NÃO PODIA ESTAR OUVINDO DIREITO. EM MEIO AOS SINISTROS gemidos que emanavam de algum ponto logo além da parede da galeria, Jeff tinha ouvido claramente uma voz chamar seu nome. O que antes parecia simplesmente lúgubre, agora era totalmente insano. Tentou fazer um levantamento rápido de todas as possíveis explicações racionais: alguém estava brincando com ele; alguém que o conhecia de nome estava realmente em apuros; ele estava tendo alucinações; ou, sua explicação favorita e mais antiga, à qual tinha se aferrado com tanta freqüência recentemente, tudo não passava de um sonho.

Mas, com a mesma facilidade com que vinham à sua mente, Jeff rejeitou todas essas explicações. Não era um sonho. Estava de fato acontecendo. Por mais amedrontadora e paralisante que fosse a idéia, isso estava acontecendo.

Jeff quis dar meia-volta e correr, mas um sentimento interior — algo entre a curiosidade e a loucura — fez com que ele adentrasse cada vez mais fundo na caverna. Embora não estivesse muito escuro, nem a luz da lanterna estivesse enfraquecendo, havia alguma coisa afetando a visão de Jeff. Tudo parecia estar ficando menos nítido, como se fosse um filme que estivesse aos poucos ficando fora de foco. Estranhamente, isso fez com que

Jeff ficasse mais animado. Ele imaginou que poderia ser um sinal de que estava, de fato, sofrendo alucinações e não que estivesse prestes a encarar a multidão de demônios sobrenaturais dos seus sonhos. Tinha ouvido falar de plantas selvagens que desprendiam um cheiro mortal, por meio do qual capturavam em armadilha suas presas. Talvez alguma dessas plantas tivesse florescido nas paredes da caverna. Talvez ele tivesse respirado uma dose de ar mortal.

Pode me matar, Jeff pensou, *mas, pelo menos, é algo que consigo entender.*

— *Jeff...*

Era a voz novamente. Mais próxima desta vez. Tão próxima que começou a deixá-lo num estado de tensão quase insuportável. A qualquer segundo, Jeff esperava que alguma criatura macabra irrompesse das sombras e bebesse seu sangue.

Mas isso não fazia sentido. Por que todos esses indícios tão minuciosos? Apenas para atraí-lo — exatamente ele, Jeff Hadley — para algum lugar remoto e matá-lo? Não; o que quer que fosse, era pessoal.

Quase como se não fosse por vontade própria, Jeff seguiu as vozes, penetrando mais fundo na escuridão.

Meu Deus, ele pensou. *Qual será a profundidade deste lugar? Quando entrei, parecia ter cerca de três metros de largura, mas estou andando há dez minutos, e ainda não estou nem perto do final.*

Ele olhou com os olhos semicerrados para a parede. O mural medonho ainda estava bem nítido, mas tudo ao redor girava como óleo numa incandescência de lava. Pouco a pouco, com um pavor cada vez maior, ele percebeu que os redemoinhos estavam vivos; eram aqueles vultos sombreados terrivelmente sinistros que apareciam todas as noites nos seus sonhos. Seus murmúrios e gemidos eram os únicos sons na galeria. Jeff conseguia ouvir muito melhor do que conseguia ver as criaturas. Podia sentir em vez de perceber seus movimentos. Sabia que estavam se aproximando dele. E quando ele voltou a escutar a voz...

— *Jeff...*

...ele soube, contra toda a lógica, que Savannah estava entre eles.

Olhou ao redor nervosamente, pensando demasiado tarde em alguma maneira de se proteger ou se defender. Os vultos estavam em todas as partes, sem parecer que estivessem se movendo, mas chegando cada vez mais perto. Mesmo com essa proximidade, Jeff ainda não conseguia dizer se eram humanos. Jeff supôs, já que esses eram seus últimos momentos de vida, que nunca saberia.

Subitamente, Jeff sentiu que estava sendo agarrado pelas costas. Gritou, um grito primal de puro terror animal, e tentou desesperadamente se soltar.

— Sou eu! Sou eu! — disse uma voz familiar. Com o coração ainda batendo como uma britadeira, Jeff virou a cabeça e viu que Michael estava com os braços entrelaçados em torno do seu peito. Michael o estava puxando, tentando fazer com que Jeff voltasse com ele para a entrada da caverna.

Jeff não conseguia falar. Michael olhou para ele com uma mistura de preocupação e medo nos olhos; sem dúvida, ele acreditava que Jeff estava ficando louco.

— Temos de sair daqui — Michael disse. — Vamos, vamos embora!

Jeff tentou se manter firme no lugar e sacudiu a cabeça.

— Preciso descobrir...

— Você tem de sair deste lugar — disse Michael, puxando-o novamente.

Jeff viu que Michael e ele estavam sendo cercados pelas criaturas. Desesperado, tentou se soltar de Michael. Talvez os dois pudessem lutar juntos e sair daquela situação com vida. No entanto, Michael o segurava com firmeza, mandando, suplicando para que Jeff viesse com ele.

De repente, com um rugido gutural, um dos vultos saltou para a frente e agarrou Michael. Depois, vieram vários deles. Jeff foi lançado com violência sobre o chão, e Michael, de bruços, começou a ser arrastado, com as solas dos sapatos batendo no nariz e na boca de Jeff.

Jeff levantou-se com esforço. No meio de uma multidão indistinta de demônios, Michael estava gritando com um pavor indescritível. Logo além deles, Jeff viu que o chão estava manchado de sangue, e que havia sete espadas longas e afiadas fincadas no chão, esperando.

Jeff se atirou para a frente, mas não conseguiu fazer progresso algum entre a multidão indistinta. Era como penetrar através de um líquido espesso, que girava por meio de correntes selvagens.

As coisas colocaram Michael sobre o lugar ensangüentado e o cercaram, pegando as espadas e agitando-as sobre suas cabeças. Os gemidos e os murmúrios ficaram mais altos. Jeff pensou que talvez fosse alguma oração obscena para seu deus diabólico. Enquanto entoavam a reza, a caverna começou a tremer. Parecia um terremoto, mas Jeff sabia que era apenas um cataclismo provocado pelo ritual indescritível da turba.

Michael lutava furiosamente contra as criaturas, mas sem sucesso. Ele olhou para Jeff com uma expressão desvairada, mas quando tentou gritar, emitiu apenas um grasnido rouco. Naquele instante, Jeff se lembrou do sonho em que as criaturas atacavam brutalmente a mulher. Ele sabia que Michael estava prestes a ser sacrificado, e não havia nada que pudesse fazer.

Foi então que Jeff se lembrou do talismã.

É claro! Também fazia parte do sonho! Deve significar alguma coisa.

Ele tirou o objeto do bolso e o manteve a distância, na sua frente. Esperando desesperadamente que o talismã revelasse algum tipo de poder mágico, ele, no entanto, sentiu-se ridículo, como um personagem num filme de Drácula.

Esperava que as criaturas assobiassem e retrocedessem diante do símbolo. Porém, para seu desalento, elas não deram a mínima atenção ao talismã. Ele não significava absolutamente nada.

Jeff jogou o inútil disco de madeira no chão e se atirou para a frente, para agarrar o braço de Michael. Puxando com força para livrá-lo das criaturas diabólicas, Jeff, repentinamente, tomou consciência de uma outra presença.

Savannah estava parada diante dele, segurando um recém-nascido nos braços.

Mesmo em seu desespero enquanto lutava pela sua vida e pela de Michael, Jeff ficou paralisado.

— Savannah! Oh, meu Deus...

Sua expressão era de tristeza. Se Jeff alguma vez tivesse conseguido imaginar um encontro tão inusitado, teria esperado que ela estivesse com raiva dele, mas Savannah parecia estar com o coração partido.

— Poderíamos ter sido tudo para você — ela disse, com serenidade. — Podíamos ter salvado sua vida.

Ela falou numa língua que Jeff nunca tinha ouvido. Sabia instintivamente que não era um língua falada na Terra. No entanto, conseguia entendê-la perfeitamente.

O tumulto em torno dele pareceu diminuir. Jeff teve a sensação inexplicável de que as criaturas estavam curiosas a respeito do seu momento emocional, e estavam observando com atenção para ver o que iria acontecer. De alguma maneira, mesmo com sua mente repleta de diversas idéias desconcertantes, Jeff notou que o estranho terremoto havia cessado.

Então, toda a atenção de Jeff se concentrou em Savannah.

— Sinto muito... — disse ele.

— Proteja seu amigo — Savannah falou, apontado para a saída.

As criaturas redirecionaram sua atenção para Michael, que parecia estar inconsciente. Jeff caminhou na direção dele, e a multidão de vultos se dividiu, permitindo que ele passasse. Jeff se ajoelhou para ajudar Michael, mas antes se virou para olhar para Savannah.

— Eu te amo — disse ele. — Sempre te amei.

— Você não tem tempo — Savannah sussurrou naquela língua estranha.

Enquanto Savannah, segurando a criança, se afastou para longe, Jeff começou a arrastar Michael na direção da saída da caverna. As outras criaturas indistintas o observavam com expressão de maldade, com os olhos brilhando, vermelhos de raiva. Jeff ficou aliviado com o fato de Savannah possuir algum tipo de magia muito poderosa para essas criaturas.

Mas imediatamente reconheceu que estava errado.

Jeff tinha arrastado Michael pouco além do perímetro do círculo mortal, quando os murmúrios e gemidos alcançaram um volume febril. Como se fossem uma coisa só, as criaturas se lançaram para a frente, enquanto as paredes da caverna começaram a tremer violentamente. Jeff conseguiu ver Savannah além do tumulto, com uma expressão de profunda tristeza. De alguma maneira, ele sabia que ela usara toda a sua força, mas não tinha sido suficiente.

Jeff viu Savannah se curvar para a frente e pegar o talismã. Ela o colocou nas mãos do recém-nascido; a criança pareceu ficar petrificada.

Jeff passou um braço em torno do pescoço de Michael e o puxou com toda a força. A saída da caverna parecia estar a quilômetros de distância, mas, em segundos, Jeff e Michael a alcançaram e conseguiram escapar para o lado de fora, enquanto algo afiado como garras tentou rasgar as costas dos dois.

Quando caíram diante da caverna onde a aventura tinha começado, Jeff se virou para ver aqueles olhos penetrantes e incandescentes, resplandecendo através da escuridão. As coisas pareciam incapazes ou relutantes em sair de lá. Jeff percebeu que o interior da caverna estava tremendo ainda com mais violência. Então, houve um longo e ensurdecedor estrondo de pedras rolando. Em meio ao rugido do cataclismo, Jeff podia ouvir gritos sinistros; gritos silvados, sussurrados, que eram, de alguma maneira, tão pouco audíveis quanto lancinantes. Jeff imaginou o interior espectral da caverna desmoronando, sepultando o mal que ele tinha deixado para trás ali dentro.

E Savannah.

Uma torrente de pensamentos atravessou a mente de Jeff nos segundos seguintes, pensamentos que ele teria considerado psicóticos apenas uma hora mais cedo. Em alguma parte de seu cérebro que continuara a funcionar racionalmente, Jeff registrou o curioso fato de que o terrível terremoto, que tinha acabado de destruir o interior da caverna, não havia provocado nem um tremor onde ele estava sentado naquele momento. O estrondo surdo, além da parede, morreu pouco a pouco.

Sem dúvida, Jeff ficaria tentando decifrar esse fenômeno bastante estranho por mais tempo se a inconsciência não o surpreendesse e ele desmaiasse ao lado do corpo imóvel de Michael.

20.

JEFF NÃO FAZIA IDÉIA DE QUANTO TEMPO MICHAEL E ELE HAVIAM ficado desacordados do lado de fora da caverna. Ele foi o primeiro a voltar a si, e se sentou com dificuldade. Desajeitadamente, passou a mão pelas costas, que estavam doendo, e sentiu que sua camisa estava com a parte de trás em farrapos. Colocou a mão na frente, e viu que estava manchada de sangue seco. Olhou para Michael: seus braços tinham diversos cortes superficiais, como se tivessem sido feitos por garras finas e compridas. O peito de Michael estava se movimentando normalmente, e Jeff percebeu, com grande alívio, que ele estava vivo.

Não foi um sonho, Jeff disse a si mesmo, perplexo. *Não foi um sonho.*

E essa constatação levou a outra, tão perturbadora quanto maravilhosa.

Savannah estava realmente lá! Ela falou comigo!

Com certo esforço, Jeff se levantou e caminhou até onde deveria estar a entrada da caverna. Não estava mais ali. Olhou ao redor, procurando por um vestígio da abertura, algo que indicasse que ele não estava perdendo a razão. Mas, além da entrada não existir mais — havia apenas rochas, cobertas por trepadeiras, e nada mais —, ele também não foi capaz de encontrar sinal de que tivesse existido uma caverna.

Caminhou lenta e dolorosamente. Concluiu que onde quer que tivessem estado, o lugar não existia no mundo material.

É claro que não, pensou Jeff. *Como poderia existir? Savannah estava lá. Ela falou comigo.*

Jeff escutou um gemido atrás dele. *Meu Deus! Eles estão de volta!* Ele se virou, em pânico. Então ouviu a voz de Michael.

— Ei, você está aí?

Jeff relaxou imediatamente.

— Sim, estou aqui.

Michael tinha erguido o corpo um pouco, apoiando-se sobre um cotovelo, e estava olhando ao redor, meio tonto.

Jeff se aproximou e ajoelhou-se ao lado dele.

— Como você está?

Michael esfregou a parte de trás da cabeça, depois olhou para os cortes nos braços com certa surpresa.

— Depende. Que diabos está acontecendo?

— Você não se lembra?

— Lembro de ter vindo até aqui para levá-lo de volta — Michael respondeu, procurando se sentar. Jeff o ajudou.

— Mais nada? — perguntou Jeff.

— Não — disse Michael, balançando a cabeça. — O que aconteceu?

— Ainda estou tentando entender — disse Jeff. — Ele colocou um braço em torno da cintura de Michael. — Você consegue ficar em pé?

— Acho que sim. Quero dar o fora daqui.

— Sei exatamente como você se sente.

Os dois homens cambalearam, usando um ao outro como apoio. Jeff levou Michael até um lugar coberto de grama e o ajudou a sentar-se.

— Há uma nascente bem aqui perto. Vou pegar um pouco de água para você.

Michael concordou com um gesto de cabeça. Tinha a impressão de que todas as partes do seu corpo estavam doloridas.

— Quem dera que você conseguisse uma bebida mais forte.

— Eu lhe disse para ficar longe deste lugar!

Jeff e Michael, surpresos, viraram a cabeça na direção da voz. Locke aproximou-se deles, com a cara fechada.

— O que deu na sua cabeça? — disse Locke, irritado.

Jeff se levantou para encará-lo. Depois do que tinha enfrentado, Locke não o intimidava mais.

— Eu tinha de vir. Precisava descobrir.

— O que aconteceu? — Locke perguntou para Michael, com um olhar furioso.

Michael ergueu a cabeça na direção de Jeff.

— Você está perguntando à pessoa errada. Jeff pode lhe contar tudo.

— Gostaria que isso fosse verdade — disse Jeff. — Não posso lhe dizer muita coisa. Pelo menos, não há muito o que dizer que faça algum sentido.

Locke manteve o olhar fixo em Jeff. Então, sua expressão suavizou.

— Precisamos voltar para o acampamento — ele disse, e dirigiu-se para Michael: — Você consegue andar?

Michael respondeu afirmativamente com um gesto de cabeça, mas não pareceu muito seguro. Então, Jeff e Locke o ampararam pelos braços e o levaram.

— Não estamos longe do acampamento. — Então Locke olhou significativamente para Jeff. — Pelo menos, se não pegarmos a trilha que contorna o acampamento.

Jeff e Michael não estavam muito machucados, mas se sentiam exaustos. Foram caminhando lenta e tortuosamente, de volta para a praia. Nenhum deles, nem Locke, abriu a boca durante essa breve jornada.

A história já tinha se espalhado — graças, sem dúvida, a Hurley — quando eles voltaram. Jack estava esperando, com uma expressão preocupada, pronto para examinar seus ferimentos. E embora todos quisessem saber o que tinha acontecido na caverna, Locke e Michael não conseguiram dar nenhum detalhe, e Jeff também não.

O que eu poderia dizer a eles?, Jeff pensou. *Que eu vi o fantasma do amor da minha vida? Nem eu acredito em mim mesmo. Como posso esperar que eles acreditem?*

Jack limpou as feridas, e Kate trouxe tiras de pano e ajudou a amarrar algumas em torno dos cortes mais profundos. Para Jeff, a presença de Kate tinha mais poder de cura do que as bandagens; ela tinha o toque de um anjo da guarda.

— Obrigado, Kate — disse Jeff, quando ela acabou seu trabalho.

— Você está em dívida comigo — disse Kate, com um sorriso.

— O que eu devo a você?

— Você me deve a história completa do que aconteceu lá dentro.

— Quando eu mesmo entender, você será a primeira pessoa para quem eu vou contar. — disse Jeff, encolhendo os ombros.

— Negócio fechado — ela respondeu, e se afastou, para ajudar a enfaixar Michael.

Michael estava sentado ao lado de Jeff, tomando uma sopa que Sun tinha feito com água do mar, peixe e cebolinhas silvestres.

— Obrigado — ele disse para Jeff.

— Você não precisa me agradecer, Michael.

— Você salvou a minha vida.

Não eu, Jeff pensou.

Sem dizer nada, Jeff deu um tapinha amigável nas costas de Michael, tomando cuidado para não encostar em nenhum dos misteriosos cortes.

Na manhã seguinte, Jeff acordou com a radiante luz do sol entrando pela abertura que dava no ateliê. Espreguiçou-se com prazer; foi difícil lembrar da última vez que tivera um sono tão longo e sem pesadelos.

Quando saiu do ateliê, Jeff viu Walt sentado ali perto, de pernas cruzadas, desenhando num pedaço de papel, com grande concentração.

— Bom dia, Walt — Jeff falou em voz alta.

Walt acenou, e ficou ainda mais alguns instantes concentrado no seu desenho antes de se levantar e se aproximar de Jeff. Ele estendeu o papel e Jeff o pegou. Era um retrato de Jeff, no estilo de história em quadrinhos, como um super-herói, segurando Michael nos braços, enquanto voava sobre a ilha.

— O que é isso? — perguntou Jeff, sorrindo.

— Meu pai me disse que você salvou a vida dele. Ele não sabe muito bem do quê.

— Sinceramente, também não sei. — disse Jeff. — Ele deu um tapinha gentil no ombro de Walt. — E acredite: seu pai é o verdadeiro herói. Ele foi até lá para me salvar. Ele não teria corrido perigo se não fosse um sujeito corajoso.

E, além disso, eu não salvei Michael, Jeff disse a si mesmo. *Savannah o salvou. E ela também me salvou. Exatamente como ela sempre disse que faria.*

— Sei que meu pai é corajoso — Walt falou, sorrindo. — Fiz um desenho pra ele, e ele está carregando você.

— Isso foi bastante diplomático da sua parte — disse Jeff, rindo.

Walt abaixou os olhos, hesitou por um instante, e então disse:

— Você vai me contar o que aconteceu na caverna?

Entre na fila, garoto, Jeff pensou.

Jeff se abaixou um pouco, de modo que ficou quase olho no olho com Walt.

— Com certeza — respondeu ele. — Quando eu mesmo entender, prometo que contarei toda a história para você. Está certo?

— Tudo bem — disse Walt. Ele começou a se afastar, e então se virou para Jeff.

— Jeff, se não fosse muito incômodo, você me daria algumas aulas de desenho?

— Aulas de desenho? — perguntou Jeff, um pouco surpreso.

— Gostaria de fazer uma surpresa para o meu pai.

Jeff fez que sim com a cabeça, sorrindo.

— Seria uma honra — disse ele. — Eu era um professor muito bom.

— Obrigado — disse Walt, sorrindo de volta.

Jeff olhou afetuosamente para o desenho. Pensou em levá-lo para o ateliê, para colocá-lo entre suas próprias obras. Mas isso não lhe pareceu adequado. O desenho de Walt era repleto de otimismo, humor e encanto. As obras que estavam no ateliê expressavam os lugares mais sombrios do espírito. Ele dobrou o papel com cuidado e o colocou no bolso da camisa. Encontraria o lugar perfeito para o desenho de Walt mais tarde.

21.

NO MAR, JEFF, COM A ÁGUA NA ALTURA DAS COXAS, SEGURAVA UM arpão e olhava fixamente para a água coberta de espuma, que batia em suas pernas. O arpão era mais curto e mais leve do que a lança que ele e os outros homens tinham usado para caçar a porca-do-mato. Essa arma era mais apropriada para pegar peixes.

Jin estava a poucos metros de distância, numa situação que Jeff considerava idêntica à sua; não obstante, Jin já tinha arpoado três peixes relativamente grandes, enquanto Jeff continuava de mãos vazias.

Mas Jeff estava se divertindo. O sol estava luminoso e quente, a água fria e refrescante, e a tarefa exigia apenas a atenção suficiente para manter a mente distante de qualquer outro pensamento. Naqueles dias, era o que ele mais queria; algo que o fizesse parar de pensar em Savannah, que o afastasse da obsessão pelos eventos misteriosos no interior da caverna. Procurou ser pragmático, dizendo a si mesmo que o que aconteceu, aconteceu. Já era passado. Era melhor esquecer.

Mas ele não conseguia esquecer. Passava quase todos os dias pensando naquilo.

Por esse motivo é que Jeff estava alegre; por estar, pelo menos naquele momento, pensando apenas em encontrar e acertar um peixe. A contemplação da espuma das ondas era quase hipnótica, e ele se distraía, cantarolando uma cantiga melancólica, que costumava ouvir enquanto crescia na ilha de Arran.

> *Sonhei na noite passada*
> *Que meu amor já morto estava de volta*
> *Tão delicadamente ela entrou*
> *Seus pés não fizeram barulho algum*
> *Ela chegou bem perto de mim*
> *E foi isso que ela falou*
> *Não vou tardar, amor, até*
> *O dia do nosso casamento.*

Na realidade, essa bela e antiga canção celta vagueava pela mente de Jeff quase todos os dias. Ele sempre gostara daquela canção, mas agora ela tinha um significado mais pessoal. Seu amor já morto tinha voltado de verdade, e não era um sonho.

Muito tempo atrás, Jeff estava deitado ao lado de Savannah, debaixo do velho cobertor, em seu ateliê, e ela havia falado de um amor capaz de existir além da morte, além do tempo. "Você acha que uma coisa assim existe de verdade?", ela havia perguntado.

Não. Com certeza, não, ele tinha dito a si mesmo. Mas em voz alta, ele lhe dissera: "Sim, é claro que acredito. É claro que acredito."

E agora ele acreditava.

Havia mais de quarenta sobreviventes do acidente do vôo 815 da Oceanic vivendo na ilha. Isso significava que Jeff teve de ouvir quase noventa vezes a pergunta sobre o que havia acontecido na caverna. Porque Hurley e Charlie tinham deleitado os ouvintes com relatos sobre suas experiências apavorantes com o monstro invisível na caçada ao porco-do-mato, Jeff imaginou que poderia ser tão enigmático quanto quisesse em relação à caverna, e as pessoas pareceram ficar satisfeitas.

— Foi apenas mais uma dessas coisas misteriosas que às vezes acontecem por aqui — ele dizia. — É completamente inexplicável.

Ocasionalmente, ele até descrevia as criaturas indistintas, com seus murmúrios e gemidos terríveis, e contava, com detalhes mórbidos, sobre como as coisas abriram talhos nele e em Michael, com garras que deviam ser muito afiadas.

— Mas o que seriam essas criaturas? — ele dizia. — Não tenho idéia. Só sei que não quero ir mais a lugar algum perto de onde ficava a caverna, e sugiro que você também fique longe daquele lugar maldito.

Em resumo, Jeff contou a verdade... até certo ponto. Nunca mencionou Savannah ou seu filho. Além disso, nunca tentou explicar o que começou a acreditar que fosse uma história real; ou seja, que as coisas não eram mistérios da ilha, como a coisa invisível, mas mistérios pessoais, que só diziam respeito a ele.

Por um lado, a experiência fez com que Jeff saísse da casca. Conheceu outros sobreviventes, trabalhou com eles, jogou golfe ou nadou com eles, e começou a se sentir membro da comunidade em vez do ermitão que tinha sido por tanto tempo.

Mas, por outro lado, o acontecimento misterioso na caverna transformou Jeff numa pessoa ainda mais introspectiva. Pensava sobre o assunto todos os dias. Como Michael não se lembrava de quase nenhum detalhe, e Locke não tinha visto nada de incomum, Jeff, às vezes, quase se convencia de que tudo não tinha passado de uma alucinação. Se pudesse realmente acreditar nisso, teria significado muito mais paz de espírito para ele — como na letra da canção, as pessoas sonham a respeito dos seus "amores já mortos" todo o tempo. E, algumas vezes, esses sonhos são tão reais, que, quando o sonhador acorda, é difícil não acreditar que tenha sido um encontro real, um encontro além dos limites da morte.

No entanto, Jeff sabia que o que tinha acontecido não era um sonho. Savannah havia voltado para ele. Havia voltado para salvar sua vida sem valor, como ela tinha, em tempos passados, previsto que faria, mas também para lhe dizer alguma coisa. E, não obstante, depois de quase um mês de concentração diária, de repetição incessante dos acontecimentos na memória, Jeff não tinha idéia do que poderia ser.

Jeff percebeu um movimento prateado perto dos seus pés. Instintivamente, mergulhou o arpão na água e sentiu algo diferente. Depois de puxar o arpão para fora, Jeff ficou encantado e também um pouco surpreso. Havia um grande peixe se debatendo na ponta. Levantou o arpão para o céu e gritou, com alegria:

— Jin! Jin!

Jin viu o peixe. Abriu um sorriso largo para Jeff, fez um sinal de aprovação com o polegar para cima, e voltou para seu trabalho.

Ah, sim! Jeff pensou. *Isso era um grande elogio de Jin.*

Jeff caminhou para a praia e jogou o peixe no buraco que Jin havia cavado na areia, depois encheu de água do mar. Isso manteria o peixe fresco até a hora do jantar. Com certo orgulho, Jeff percebeu que seu peixe era o maior de todos.

— Um peixe grande num tanque pequeno — disse Jeff para sua pesca. — Isso é o que eu era em Lochheath. E agora olhe para nós dois.

— Falando com um peixe, cara? — Hurley perguntou, ao passar perto dele na praia.

— Não vejo nada de errado nisso — Jeff respondeu, sorrindo. — Desde que o peixe não responda.

— Cara, depois das coisas que eu vi, isso não me surpreenderia nem um pouco.

— Nem a mim.

— Conversei com Jack agora há pouco — contou Hurley. — Ele disse que se você quiser mudar para a mata, não tem problema para ele. Há muito espaço.

— Ótimo — disse Jeff.

— Acho que ele ficou contente com sua decisão — concluiu Hurley. — Ele acha que, se nós todos ficarmos juntos em um único lugar, poderemos nos proteger melhor.

— Sem dúvida — disse Jeff. — Mas não foi por isso que tomei essa decisão.

— Então, por quê? Aquele seu lugarzinho é bem legal, quase como uma cabana de verdade.

Jeff pensou por um instante e depois disse:

— Não preciso mais dele. Não criei mais nada, não desenhei mais nada desde que... bem, faz quase um mês. Quase tenho a sensação de que fui levado ao ateliê por um motivo, e agora o motivo não existe mais.

Hurley pareceu confuso. Mas ele costumava ficar confuso com as coisas que aconteciam na ilha. Assim, tinha aprendido a ter um certo grau de serenidade em relação a isso.

— Walt me contou que você está dando aulas de desenho para ele.

— Sim, estou — Jeff confirmou, sorrindo. — Ele realmente tem talento.

Jeff ouviu um grito vindo do mar. Era Jin berrando alguma coisa para ele com severidade. Não conseguiu entender as palavras, é claro, mas sabia que Jin estava lhe dizendo para voltar ao trabalho.

— Bom, a hora do cafezinho acabou.

— Sim. Seu chefe está chamando.

Jeff voltou para seu lugar na água, levando seu arpão, pronto para outra grande pescaria. No entanto, ainda que ficasse ali por mais uma hora, não voltou a ver outro peixe. Sorriu como se pedisse desculpas a Jin, enquanto "seu chefe" juntava os peixes para levá-los para a fogueira. Em torno do único peixe pescado por Jeff, havia quase uma dúzia capturados por Jin.

Mas o meu ainda é maior do que qualquer peixe dele, Jeff pensou, procurando de alguma maneira salvar seu orgulho.

Jeff caminhou pela praia até alcançar a clareira com a pequena queda-d'água que servira como marco na sua jornada até a caverna. Não havia nenhuma outra pessoa por perto. Então, ele tirou a roupa e mergulhou na água cristalina. Estava estimulantemente fria, mais fria do que a água do mar. Nadou por alguns instantes, aproveitando para se sentir limpo e revigorado. Depois ficou em pé sob a cachoeira, desfrutando da massagem proporcionada pela água que caía.

O sol refletia na água, fazendo o pequeno lago reluzir como uma jóia. A luz trêmula transformava cada gota num prisma minúsculo, e uma porção de arco-íris belos e delicados parecia nascer em todos os lugares antes de explodirem em cores puras. Jeff precisava fechar um pouco os olhos quando os reflexos alcançavam seu brilho máximo; os raios dançantes criavam uma paleta reluzente de formas cambiantes.

Jeff ficou boiando de costas por algum tempo e depois começou a brincar com a água com as mãos e os pés, sentindo-se como uma criança. Lembrou-se do quanto gostava de submergir e de ver quanto tempo conseguia ficar sem respirar. Decidiu então materializar sua lembrança. Tomou bastante ar e submergiu. Nadou até o fundo do pequeno lago, que estava perfeitamente visível por causa da claridade da luz do sol. Era um mundo fascinante de silêncio e tranqüilidade, e Jeff gostaria de que houvesse uma maneira de poder ficar ali por mais tempo. Mas seus pulmões estavam começando a reclamar, e ele sabia que era o momento de voltar à tona.

Enquanto subia, viu uma pessoa parada ao lado do pequeno lago.

Bem, isso pode ser embaraçoso, ele pensou. *Estou nu como no dia em que nasci.*

Quando chegou à superfície, respirou fundo e limpou a água dos olhos. Virou-se na direção da pessoa parada ao lado do pequeno lago e disse:

— Acho melhor olhar para o outro lado se...

A temperatura da água pareceu cair mais de dez graus instantaneamente. Ou Jeff talvez tivesse começado a tremer por outro motivo.

Savannah estava parada na beira do pequeno lago.

Jeff ficou mexendo as pernas para manter-se à tona em posição vertical, mas a imagem de Savannah, no entanto, quase o fez perder totalmente a coordenação. Ele saiu da água sem se preocupar com suas roupas e correu na direção dela.

— Savannah... — ele gritou.

Mas ela não estava mais ali.

Jeff ficou parado no lugar em que a tinha visto, e olhou ao redor, buscando qualquer prova de que o que tinha visto era real. Não encontrou nada. Depois de um tempo, pegou suas roupas e se secou com a camisa. Então, vestiu-se e começou a caminhar de volta para o ateliê.

Sonhei na noite passada
Que meu amor já morto estava de volta

Jeff parou diante da entrada estreita que levava até o ateliê. Por algum motivo, hesitou em entrar. Como havia dito a Hurley, Jeff estava decidido a não querer mais nada com aquele lugar. Havia criado apenas obras sombrias e perturbadoras ali, e as pistas que tais obras lhe haviam deixado não tinham resolvido coisa alguma, produzindo apenas mistérios mais profundos e obscuros. Naquele lugar, não havia respostas. Não havia respostas em lugar algum. No dia seguinte, ele se mudaria para as grutas com outras pessoas, e, então, sua vida passada estaria oficialmente encerrada.

Jeff se abaixou ligeiramente para entrar no ateliê. Estava mais escuro lá dentro. Mas os diversos espaços existentes entre os ramos das árvores e a folhagem, que formavam uma espécie de telhado, permitiam a entrada do sol em minúsculos pontos de luz, como se fosse uma pista de discoteca. Jeff muitas vezes achara graça nessa idéia.

Os olhos de Jeff se adaptaram à obscuridade do lugar em poucos segundos e assim que isso aconteceu, ele percebeu. Ali, sobre o chão, no centro do ateliê, estava um disco de madeira onde haviam sido entalhados desenhos intricados e estranhos.

Era o talismã.

22.

JEFF PEGOU O DISCO DO CHÃO E O GIROU DIVERSAS VEZES NOS DE- dos. A última vez que tinha visto o talismã fora na caverna, quando Savannah o recuperou, depois que Jeff tinha caído no chão. E agora ele estava de volta.

E Savannah também estava de volta.

Sentiu-a antes de vê-la. Virando-se lentamente, tão ansioso quanto receoso, Jeff olhou à sua esquerda e encontrou Savannah sentada no chão, com as pernas cruzadas. Era exatamente dessa maneira que ela costumava sentar quando...

Jeff sentiu um calafrio na espinha.

Quando estava viva.

Jeff começou a tremer. Na primeira vez que tentou falar, sua voz pareceu apenas um guincho rouco. Ele estendeu o talismã para ela e voltou a tentar:

— Foi você quem trouxe isso?

Savannah exibiu um sorriso espontâneo, amigável.

— Eu o trouxe de volta — ela respondeu, na mesma língua estranha que Jeff ouvira pela primeira vez na caverna.

— Por quê?

— É seu.

Jeff deu um passo em sua direção.

— Posso me sentar?

— Claro que sim. Mas você não deve tentar me tocar. Isso não é possível.

Jeff então se sentou na frente dela e cruzou as pernas como ela. Por um longo tempo, ele a contemplou, maravilhado. Savannah permaneceu calada, mas sorriu demonstrando paciência. Ela parecia sólida, real... viva.

— Você é um fantasma? — Jeff perguntou finalmente, rompendo o silêncio.

Ela refletiu, como se estivesse pensando nas palavras certas para dizer.

— Eu sou... eu mesma.

Jeff tentou de novo.

— Isto é um sonho?

— A vida é apenas um sonho — disse Savannah. Então, ela riu e acrescentou: — Reme, reme, reme o seu barco.

— Bem — disse Jeff, sentindo-se de alguma maneira mais à vontade. — Nunca tinha sido alvo de zombarias do Outro Mundo.

— Não que você saiba! — ela disse, rindo.

— Por que você está aqui?

Savannah voltou a ficar pensativa. Para Jeff, ela parecia uma pessoa de um país estrangeiro tentando traduzir seus pensamentos para uma língua desconhecida.

— Estou aqui para você saber.

— Saber o quê?

— O que você quer saber? — perguntou Savannah.

Jeff ergueu as mãos para o ar e quase gritou:

— Quero saber tudo!

— Sua resposta é a sua cara, Jeff — ela disse. — Querendo mais do que é capaz de pegar.

— Tudo bem, então. Quero saber tudo o que você puder me contar.

Savannah voltou mais uma vez a franzir a testa, refletindo.

— Isso não será fácil de explicar pra você — ela disse, finalmente. — Na verdade, não posso *contar* nada pra você. Mas posso fazer você saber. — Ela ficou em pé. — Não posso ficar mais.

— Não... por favor... — Jeff pediu, levantando-se de um salto, com os braços estendidos.

Savannah deu um passo para trás.

— Lembre-se. Você não pode me tocar.

Jeff abaixou os braços, deixando-os pendurados ao lado do corpo.

— Não vá. Senti tanto a sua falta.

— Eu sei — disse ela.

— Foi a coisa mais estúpida que já fiz na vida... — ele disse. As lágrimas começaram a cair pelo seu rosto.

— Eu sei — disse ela.

— Você me odeia? — Jeff perguntou, chorando copiosamente.

— Eu te amo — Savannah falou, com um sorriso mais radiante do que nunca. — Vou te amar para sempre. Voltei para você, não voltei? Além da morte. Além do tempo. Ninguém faz essa viagem sentindo ódio no coração.

— Eu te amo. Você é a única mulher que amei na vida — disse Jeff.

— Eu também sei disso — Savannah falou. — Está tudo bem.

— Então sua imagem começou a desvanecer.

— Não! — gritou Jeff. — Ainda não! Fale comigo! — Ele apontou para todas as suas obras bizarras. — O que são essas coisas?

A voz de Savannah estava fraca, e seu rosto parecia encoberto por uma nuvem de fumaça.

— São orientações — disse ela. — De mim para você. De você para mim.

Então, ela desapareceu.

Jeff desabou no chão, em meio a soluços. Ele agarrou o talismã com força e chorou aparentemente por horas. Então, de repente, parou de chorar e se sentou, com uma expressão de espanto no rosto. Não poderia explicar nem como, nem por quê, mas, naquele momento, ele *soube*. O que Savannah havia acabado de dizer era verdade. Ela não havia conseguido explicar nada para ele, mas conseguiu fazer com que ele soubesse. E ele soube.

"*São orientações*", ela tinha dito. "*De mim para você. De você para mim.*" Savannah havia feito os desenhos no seu bloco, sem saber o motivo. Logo que chegou na ilha, Jeff começou a fazer os mesmos desenhos. Pensava que eram simples abstrações, interessantes, mas sem sentido. Depois que esses desenhos começaram a chegar para ele quase todos os dias, ele começou a pensar que essas figuras continham algum tipo de motivo sinistro. Sentiu-se forçado a entalhar o talismã depois de ver Savannah em seu sonho mostrando-o para ele. Equivocadamente, acreditara que o talismã estava ali para afastar o mal que havia encontrado aquele dia, na caverna.

Mas o talismã e os outros desenhos eram simplesmente, como Savannah havia explicado, orientações — indicações que possibilitariam que ele a encontrasse e ela a ele, mesmo enquanto estivessem vivendo em dimensões diferentes. Certa vez, Jeff havia dito que os desenhos pareciam hieróglifos de uma civilização que nunca existira, e Savannah havia respondido: "Não tenha tanta certeza." E agora ele sabia que a língua existia, e que sempre tinha existido. Mas era uma língua entendida apenas por duas pessoas, que as uniria numa hora de máxima necessidade.

E Jeff também compreendeu, com grande alívio, que sabia que Savannah não havia se suicidado. Quando ela apareceu no seu sonho com os pulsos cortados, tinha chegado a essa conclusão natural, e se sentiu culpado por seu desespero. Mas agora ele conseguia relembrar a seqüência terrível de acontecimentos do último dia de vida de Savannah, quase como se tivesse estado presente.

Três dias depois de ter sido deixada por Jeff chorando histericamente em meio à sua bagagem quase pronta, Savannah acordou se sentindo mal. Correu até o banheiro e vomitou, até não haver mais nada em seu estômago além de bile. Depois de três dias seguidos com acessos de náusea semelhantes, ela percebeu que sua menstruação estava atrasada. Depois de mais três dias de choro e aflição, ela foi consultar sua ginecologista, que fez um exame completo e depois a felicitou pela chegada do seu primeiro filho.

Jeff já tinha ido embora para a Austrália, e Savannah não sabia o que fazer. Ele havia deixado bastante claro que não queria mais nada com ela. Se ela aparecesse diante dele com a notícia de que estava grávida de um filho seu, com certeza ele iria pensar que ela estava tentando agarrá-lo, prendendo-o com uma obrigação para toda a vida. Ela não conseguia encarar a possibilidade de que ele reagisse à notícia com desgosto, horror ou raiva. Mas também sabia que seria errado ter essa criança sem o conhecimento dele.

Savannah esperava que Jeff voltasse a Lochheath no início do verão, logo após sua graduação. Ela decidiu que iria procurá-lo nessa ocasião. Já estaria com a gravidez bastante adiantada e procuraria explicar tão calma e racionalmente quanto possível que não esperava nada dele, e que, se ele quisesse ter um relacionamento com o filho, ela iria procurar interferir o mínimo possível.

Mas então Savannah ouviu alguém da faculdade dizer que Jeff não voltaria. Ele iria direto de Sydney para Los Angeles. Não voltaria para a Escócia durante um ano ou mais. Talvez ele nunca mais voltasse. Ela voltou para seu apartamento, sem saber o que fazer.

Quando entrou em casa, viu que seu bloco de desenho estava aberto sobre a mesa da cozinha. Savannah ficou confusa; como uma lembrança amarga do seu relacionamento com Jeff, o bloco de desenho havia ficado esquecido na prateleira de um armário. Mas agora estava aberto na página com um dos estranhos e inexplicáveis desenhos que ela havia feito. Um desenho que havia chamado sua atenção. Quando fizera o desenho, ele pareceu sem sentido, embora ligeiramente perturbador; uma mistura desordenada de linhas e curvas. Naquele momento, porém, o desenho mostrava claramente um avião com o número 815 na fuselagem.

Savannah ficou perplexa. Ela sabia que não tinha desenhado tal coisa.

Muitos outros membros da faculdade e estudantes tinham se correspondido com Jeff enquanto ele estava em Sydney, então não foi um grande problema encontrar o nome do hotel em que ele estava hospedado. E quando telefonou para lá, descobriu que Jeff tinha acabado de pagar a conta e deixado o hotel. Ela perguntou qual era o nome da companhia aérea. O porteiro que tinha providenciado o táxi para Jeff disse a Savannah que ele iria viajar pela Oceanic.

Savannah correu para o computador, entrou na Internet e começou a buscar informações sobre os vôos que partiam naquele dia de Sydney com destino a Los Angeles. Havia apenas um: o vôo 815.

Em pânico, Savannah saiu às pressas do seu apartamento, entrou no carro e foi correndo para o aeroporto local. Não sabia exatamente o que faria quando chegasse ali, mas tinha a vaga idéia de viajar para Los Angeles. Para proteger Jeff.

O trânsito estava enervantemente lento no caminho para o aeroporto, e Savannah manteve a mão apertando a buzina, embora soubesse que isso não adiantaria nada para fazer os veículos andarem mais depressa. Quando ficou presa atrás de um caminhão de lixo muito lento, Savannah, impulsivamente, virou o carro para o acostamento, pensando em ultrapassá-lo. O acostamento era mais estreito do que ela imaginava, e o carro precipitou-se para fora da estrada, caindo numa vala. Instintivamente, Savannah soltou o volante e pôs as mãos na sua frente, para se proteger do impacto. Seus dois braços foram de encontro ao pára-brisa; o vidro despedaçado provocou cortes profundos nas veias dos seus pulsos.

Savannah recolheu os braços cuidadosamente, reconhecendo, com ironia, que, provavelmente, ela não teria se ferido se tivesse mantido as mãos no volante. Em estado de choque e confusa, ela ficou olhando para o sangue que saía do seu corpo em jorros espessos e escuros. Ao olhar para o lado, ela viu uma vaca pastando, observando-a com curiosidade. Ela estava olhando fixamente para os grandes olhos da vaca quando tudo ficou escuro.

Savannah sabia que Jeff precisava ser protegido de alguma coisa e morreu tentando ir ajudá-lo. E então Jeff soube, enquanto seus olhos se enchiam de lágrimas, que mesmo depois de ter morrido, Savannah tinha reconhecido, de onde quer que estivesse, que pelo menos um dos mistérios da ilha iria colocá-lo em grande perigo. E assim ela voltara mais uma vez para salvá-lo.

Os pontos de luz do sol começaram a desaparecer, e o interior do ateliê ficou quase totalmente no escuro antes de Jeff se mexer. Sentia-se como se tivesse dormido, mas sabia que isso não tinha acontecido. E, mais uma vez, sentiu como se tivesse sonhado. Mas isso também não tinha acontecido. Sabia que tinha apenas escutado o que Savannah havia contado a ele.

23.

ENQUANTO O SOL SE PREPARAVA PARA DAR SEU MERGULHO FINAL sob o horizonte, raios brilhantes de luz azuis e dourados salpicavam o céu. Em certo momento da sua vida, Jeff tinha comparado aquela visão deslumbrante a uma pintura de Maxfield Parrish. Mas, naquele momento, apreciou a beleza do pôr-do-sol em si mesma. Ao sair do ateliê, com os braços carregados com a arte produzida na ilha, ficou imóvel por alguns segundos, aquecendo-se com as cores vibrantes do pôr-do-sol, e depois foi até a pilha de coisas amontoadas. Todas as estátuas, esculturas, gravuras, desenhos — tudo que tinha criado desde sua chegada na ilha — estavam agora empilhados desordenadamente na praia, perto do grande pedaço da fuselagem, aquele melancólico monumento ao vôo 815.

Ou talvez "desordenadamente" fosse a palavra errada. Jeff tinha juntado as peças, carregando-as pela areia e preparando-as para algo que se parecia muito com um ritual. Seria seu adeus à escuridão do passado; seria seu compromisso com uma vida nova e, ele esperava, melhor; seria uma celebração à sua convicção de que o resto da sua vida seria passado ali naquela ilha, ao lado daquelas pessoas.

Jeff estava satisfeito, quase feliz, com a idéia. O regresso à Escócia já não o interessava. Sem Savannah, pareceria apenas um lugar frio e opressivo, repleto de lembranças agridoces de tudo o que tinha perdido por causa do seu orgulho e da sua estupidez. Havia muitas coisas na ilha que eram misteriosas, que eram assustadoras, que eram perigosas. Mas Jeff tinha consciência de que isso poderia ser dito a respeito de quase todos os lugares do mundo. Nessa remota ilha tropical, também havia beleza e, ao menos, a possibilidade de tranqüilidade. Ele equilibraria os prós e os contras, e viveria da melhor forma possível a partir disso.

Jeff viu Kate sentada, conversando com Sun. Ele gritou para elas, e as duas mulheres acenaram. Kate se levantou, dirigiu algumas palavras a Sun e depois se aproximou de Jeff.

— Olá — disse ela. — Limpando a casa?

Jeff confirmou com um gesto de cabeça.

— Agora que está escurecendo, acho que tudo isto daria uma bela fogueira — disse ele. — Quer me ajudar?

— Está ficando um pouco frio — Kate falou, com um sorriso. — Vamos botar fogo!

Jeff pegou o pedaço de papel em que havia desenhado o retrato perturbador das criaturas sombrias e o amassou, transformando-o quase numa bola. Pegou o isqueiro que tinha pedido emprestado a Sawyer, acendeu-o, e então encostou a pequena chama no papel. Quando pegou fogo, Jeff colocou cuidadosamente o desenho em chamas num buraco que tinha preparado perto da base da pilha. Logo, a madeira seca, o papel e as folhagens estavam queimando vivamente.

Agora elas estão lindas, Jeff pensou. *Todas essas coisas terríveis...*

— Bonito — disse Kate.

— Sim. Parece uma pira funerária, não?

— Prazer em conhecê-lo, senhor Mórbido — disse Kate, sorrindo.

Jeff também riu.

— Eu estava pensando em algo positivo. É um funeral para um monte de coisas ruins. Já vão tarde!

Por alguns momentos, eles ficaram vendo as chamas amarelas e cor de laranja dançarem.

Então, Kate disse:
— Você nunca me contou a história verdadeira, sabe?
— Sobre a caverna? — perguntou Jeff. — É claro que contei.
— Ei, não minta para uma mentirosa. Aconteceu mais alguma coisa naquele dia. Algo que você não contou para ninguém.

O rosto e os olhos de Jeff refletiam o fogo, enquanto ele ponderava se contava toda a história sobre Savannah para Kate.
— Você acredita em fantasmas? — ele perguntou, depois de alguns instantes.
— Não — Kate respondeu, abrindo um sorriso largo.
Jeff voltou a sorrir, com mais intensidade dessa vez.
— Eu também não — disse ele. — Mas acredito em anjos.

Na manhã seguinte, Jeff acordou no ateliê mais uma vez. Agora que toda a sua produção artística se transformara em um monte de cinzas, o lugar parecia de novo bastante acolhedor. Sem dúvida, as grutas eram mais seguras, mas Jeff gostava dali, e decidiu que ficaria ali.

Mas sei de uma coisa: vou dar um belo trato nesse lugar, ele pensou.

Ele puxou um pedaço de papel da mala em que o tinha deixado nas últimas semanas. Ao desdobrá-lo, alisou cuidadosamente as dobras. Então, pôs a folha no chão, encostada no tronco de um bambu grosso. Era o desenho do super-herói que Walt havia lhe dado no dia seguinte ao incidente na caverna.

Não vou conseguir um vidro, mas posso fazer uma bela moldura. Seria um bom projeto, pensou Jeff.

Por um instante, Jeff se sentou e ficou olhando para o desenho com um sorriso. Então, percebeu que, pela primeira vez depois de mais de um mês, tinha acordado inspirado para criar alguma coisa. Procurou na mala um outro pedaço de papel. Não havia sobrado muito; ele teria que ser muito cuidadoso dali por diante.

Colocou a mala sobre os joelhos, de modo que pudesse usá-la como apoio, e, então, pegou uma das suas duas canetas sobreviventes e começou a desenhar.

O desenho não ficou repleto de formas e imagens estranhas e perturbadoras como na obra que havia criado antes na ilha. Era um retrato de Savannah. Agora não havia uma ambientação surrealista, nem uma homenagem a outros artistas ou estilos. Era uma representação do seu rosto, desenhada com o máximo de detalhe que o amor é capaz de reunir; uma imagem de otimismo, beleza e serenidade. Era o retrato que Jeff esperava pudesse ajudá-los a se libertarem dos erros fatais do passado.

Na última vez que Jeff havia visto Savannah com vida, ela estava chorando, sofrendo por causa da dor que ele tinha provocado. Na ocasião, suas últimas palavras foram:

— Você não vai viver um único dia da sua vida sem pensar em mim.

Jeff Hadley sorriu, e continuou desenhando. Até aquele momento, a profecia de Savannah estava se confirmando. E Jeff sabia que iria se confirmar pelo resto da sua vida.

Este livro foi composto em Minion, corpo 11/13.6
e impresso pela Ediouro Gráfica sobre papel Pólen Bold 90g
para a Prestígio Editorial em 2007.

NAS LIVRARIAS

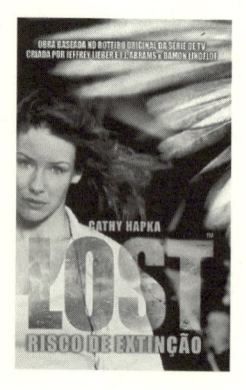

RISCO DE EXTINÇÃO

A ambientalista Faith entra no avião carregada de culpa e é uma das sobreviventes cujos conhecimentos podem ser vitais para a sobrevivência do grupo. Mas muitos suspeitam que ela os usa para lhes causar terror. O novo ambiente dará a Faith a oportunidade de recomeçar, ou ela será vítima dos perigos da ilha?

IDENTIDADE SECRETA

Dexter está vivendo duas vidas. Quando seu segredo é descoberto, ele embarca em um vôo para voltar à sua terra natal, mas ao se ver perdido em uma ilha, é obrigado a se reinventar mais uma vez. Ele irá descobrir que não é o único mentindo, e que nada é mais mortal do que os segredos de outros sobreviventes.

BAD TWIN

Na segunda temporada de *Lost* surge um novo personagem, Gary Troup. Ele não sobreviveu à queda do avião, mas deixou os manuscritos de *Bad Twin* – único livro encontrado na ilha –, que é lido por todos. Um obra cheia de suspense, tratando de vingança e redenção, conta a história de um rico herdeiro à procura de seu gêmeo. O autor Gary Troup não existe, o que aumenta o mistério envolvendo a autoria do livro. Há fortes indícios de que foi escrito por Stephen King, fã número um da série.